Der Elephant

Christoph Wartenberg

Herstellung und Verlag: Books on Demand GmbH, Norderstedt

ISBN 3-8334-1257-7

Der Rissehof

Die Stadt liegt dahinten. Die Felder strecken sich zu beiden Seiten der Straße. Das Dorf am Hügel wird von der Kirche überragt. Auf dieser Straße kamen sie alle, die durch die Jahrhunderte hin das Dorf von Westen oder Osten her erreichten. Für fast alle war das Dorf Durchgangsstation. Es lag nur am Wege. Einige aber blieben und siedelten sich an. Sie wussten bald, was das Dorf ihnen bedeutete, wenn sie die Äcker ringsum bestellten, am Rande der kleinen Gehölze von der Arbeit ausruhten und ihr Vesperbrot aßen. Das Holz für die Feuerung und auch für das Bauen holten sie im Wald; denn hinter dem Dorf nach Osten hin führte die Chaussee durch den Staatsforst. Früher war er das Jagdrevier der Fürsten, auch dort, wo an den Rändern die Bauern seit Urzeiten ihre Stücke haben. Bauernholz sagen die Leute. Irgendwann haben zwei Besitzer ihre Parzelle abgeholzt. Seitdem liegen eine Wiese und ein Haferacker an der Straße mitten im Wald.

Auf der Wiese steht ein Rasthof, der einmal die „Milchhalle" war, weil die Konzession, die Erlaubnis für den Alkoholausschank, noch nicht erteilt worden war. Wenden wir uns aber zum Dorf zurück. Dort steht der „Elephant", ehemals sagte man nur „der Gasthof".

Das wasserspeiende Zementtier davor hat dem Gasthof den Namen gegeben. Die Städter sagen, dass er eine Raststätte ist. Das sind die, die an der Theke schnell eine Cola trinken. Neben ihnen steht oft ein Traktorist, der sein Bier mit dem Weißen vor sich hat. Wenn der dann nach dem Elephanten gefragt wird, passt der Wirt auf, so aus dem Winkel des Auges heraus. Er will ja keinen Krach. Es ist nur, manchmal ist einer ein Enkel oder auch Urenkel und hat seinen Großvater noch gekannt und überhaupt will keiner etwas auf seine Familie kommen lassen, vor den Städtern, diesen Laffen. Der Wirt hat es nicht ungern, wenn dann der Traktorist austrinkt und zahlt.

Anders als im Gasthof ist es in der Kneipe gegenüber. Dahin verirrt sich selten ein Städter. Raschke Hanna macht ja auch erst gegen Abend auf, lediglich der Bamser säuft schon am Vormittag. Aber dann schließt sie wieder zu. Den Bamser kann sie allein lassen vor seinem Bier.

In der Kneipe kann man schon etwas über den Elefanten erfahren, aber dann ist es spät, man kann auch sagen, früh am Tage.

Hanna Raschke sagt zu solcher Stunde: „Schert euch endlich heim, ihr Saufköppe!" Vielleicht hat Risse, der Viehdoktor, von seinem Urgroßvater erzählt. Er lacht dabei, dass der Tisch mit der letzten Runde, die auf seine Kosten ging, wackelt.

Hanna, die stehen bleibt, als sie das Bier und den Schnaps abgesetzt hat, sagt: „Das hätte dein Großvater nicht hören dürfen. Der hätte dir eine gelangt."

Risse brauchte nicht weit zu gehen, als Hanna ihre eigene Polizeistunde ausrief. Seit der Zeit seines Urgroßvaters war der Hof in der Mitte des Halbrundes, das den Dorfplatz nach Süden begrenzte, wieder im Besitz der Familie. Aber das Geviert war jetzt nach den Gärten hin offen. Die Scheune hatte der Viehdoktor abreißen lassen, die Ställe zu Garagen ausgebaut. Als er aufschloss, ließen erste Sonnenstrahlen erkennen, wie schön die Haustür herausgeputzt war. Sie belebte die triste graue Fassade des quer zum Platz stehenden Gebäudes. Er trat an eine Putzblase, die polternd herabfiel. Im Schlafzimmer sah ihn seine Frau unwillig an: „Nun hast du mich aufgeweckt. Muss das sein?" Es fiel ihm nur eine dumme Gegenfrage ein: „Warum heißt der Dorfplatz Markt, obwohl kein Mensch sich erinnern kann, dass dort jemals Markt gehalten wurde?"

Magdalena knurrte nur und drehte sich auf die andere Seite. Es stimmte nicht, dass vor dem Rissehaus niemals Verkaufsstände aufgebaut waren, wenn es auch lange her war. Neu losgegangen war es an diesem Dorfplatz, als vor über 800 Jahren der erste Riese dort vom Planwagen sprang, wo sein späterer Nachfahre das Schlüsselloch in der geschnitzten, mit Lilien verzierten Tür gesucht hatte.

Dieser Urahn, Anselm Riese, führte den kleinen Wagenzug an, der auf dem dürren, verunkrauteten Gras vor den zumeist baufälligen Häusern und Hütten hielt. „Hier sollt ihr blieben", sagte der Schreiber des Bischofs, der mit zwei Bewaffneten den Zug begleitet hatte.

„Und was wird aus diesen hier?", fragte Riese und zeigte auf zwei Gestalten, die aus dem breit hingelagerten Holzhaus in der Mitte des Halbrundes herausgekommen waren und abwartend auf der Seite standen.

„Das sind der alte Miersch und sein Sohn, die letzten. Die anderen Häuser hier am Anger sind menschenleer. Was ihr mit den beiden macht, ist mir gleich. Ihr und eure Leute seid von heute an mit diesem bischöflichen Lehen begabt." Der Schreiber sprach's, schwenkte noch einmal, zur Beglaubigung gleichsam, die Urkunde in seiner Hand und ritt mit den Reisigen davon, hin zur Stadt.

Die Verständigung mit dem alten Mann und seinem Sohn blieb für die Flamen schwierig, obwohl sich die Zuwanderer bald an die beiden gewöhnt hatten. Noch am selben Tag hatte sich herausgestellt, dass sie nicht die einzigen Slawen am Ort waren. In einer Gasse, die von dem offenen Rundling zum Bach hinabführte, standen dicht bei dicht ein Dutzend Katen, in denen versprengte Daleminzier hausten. Sie lebten dort vom Fischfang in den Teichen und Bächen ringsumher, vom Fallenstellen im Wald und dem Ertrag ihrer kleinen Gärten.

Die verfallenen Hofstellen am Anger hatten sie nicht besetzt. Die wurden nun von den Familien aus dem Wagenzug in Besitz genommen und bald in der fränkischen Weise, die in diesem Landstrich üblich war, neu gebaut. Haupthaus und Nebengebäude wendeten die Giebelseite dem Anger zu. Der Hof wurde mit einer Mauer und oft bogengekröntem Tor nach der Straßenseite zu abgeschlossen. Die Scheune lag hinter dem Mist, für den eine flache Grube mitten auf dem Hof gegraben wurde. All das Bauen brauchte Zeit, viel Zeit. Vorerst wohnten manche noch lange in ihrem geräumigen Planwagen. Nur die Rieses bezogen sofort das große querstehende Holzhaus, aus dem die Mierschs ihre Habseligkeiten, darunter ein geheimnisvoll mit Lumpen umwickeltes Bündel, das offensichtlich schwer war, eilfertig herausräumten.

Die beiden Slawen wollten in die Hütten gehen, die zum Bach hin lagen, doch Anselm Riese hielt sie zurück. Neben dem großen Holzhaus stand eine Hütte aus Flechtwerk, das mit Lehm beworfen war. Er sagte zu Miersch und seinem Sohn: „Hier könnt ihr bleiben!" Der zweite von Anselm Rieses Söhnen, Otto, der später Priester wurde, saß oft bei Boleslaw Miersch und seinem vor sich hin brummelnden Sohn, dem fast immer die Nase lief. Im Halbdunkel der Hütte ließ der Alte die Jahrhunderte schmelzen wie Schnee. Er erzählte, was ihm erzählt worden war, wie sein Ahne, Fürst im reichen Daleminziergau, zwischen der Mulde und der Elbe, gegen die Deutschen kämpfte. Mit Heinrich dem Sachsen waren sie ins Land eingebrochen und hatten in der blutigen Schlacht an der Jahna die Slawen besiegt.

„In den Dörfern beweinten die Frauen die Erschlagenen", murmelte er. „Wenn die Reisigen durchritten, die der König in die Burgwarte gelegt hatte, flohen alle in den Busch. Aber noch war alles Land in unserer Hand. Die Herrschaft war ihm ..." Miersch machte eine vage Handbewegung nach dem Bündel in der Ecke hin, „wenn auch mit den Deutschen ihre Priester gekommen waren ..." Sein Reden verlor sich im Murmeln.

Er fing wieder an, vernehmlich: „Du bist jung, Otto, und kommst von weit her. Du weißt aber schon, dass nicht nur das Meer ins Land brandet und die Menschen zum Wandern zwingt. Auch die Weite der Ebene lässt Menschen ruhelos werden. Sie werden zur Welle, die über das Land läuft, bis das Meer ihnen eine Grenze setzt. Doch er" –wieder machte Miersch diese undeutliche Bewegung mit der Hand nach der Ecke hin – „er war auch Herr des Meeres. Unsere Brüder auf der großen Insel haben ihn verehrt wie wir. Warum ist die Kraft von uns gewichen?" Er seufzte und schwieg.

Einmal war Geschrei auf dem Hof. Maria Riese rüttelte ihren Mann an den Schultern: „Warum! Warum sind wir hier? In diesem Dreck!" und sie zeigte auf den Schlamm, der den Hof bedeckte.

„Du weißt es!" Er sah ihr fest in die Augen. „Weil die See kam, von der du nachts geträumt hattest, wenn du schweißnass neben mir aufgewacht bist. Die See nahm uns deine Eltern. Die Kinder wollten wir bewahren."

„Aber gab es nicht andere Orte, wo wir hätten bleiben können?"

„Du weißt auch das: Nirgendwo gab es so günstig Land für uns alle wie hier."

„Und in der Stadt! Warum bleiben wir nicht in der Stadt?"

„Du weißt auch, dass ich nie in der Stadt bleibe", sagte Anselm Riese.

Boleslaw Miersch war auf den Hof gelaufen. Hinter ihm her watschelte sein schniefender Sohn. Otto aber blieb im Halbdunkeln der Kate, zog schnell die Lumpen hinweg. Brennendes Rot stieg ihm ins Gesicht. Er hatte das steinerne Antlitz gesehen und dann schnell mit den umherliegenden Lumpen bedeckt. Nun trat er ins Helle. Miersch, der inzwischen das Flämisch – vieles erahnend – verstand, das die beiden in ihrer Erregung sehr schnell sprachen, stellte sich neben die Frau. Anselm Riese ließ es geschehen.

„Es wird der Acker seine Frucht geben, Frau", sagte er. „Nicht alles wird Emmer sein, auch Hirse und Hafer, aber genug für euch und eure Söhne. Ihr habt die Kraft, die von uns weicht."

„Ich habe keine Kraft", sagte Maria Riese und sah auf ihre herabhängenden Arme. Ihr Mann wandte sich ab und baute weiter an dem Koben für die zwei Schweine, die sie mitgebracht hatten.

Da nahm der alte Miersch die Frau mit in die Kate. Er schob ihr einen Hocker hin und setzte sich selbst auf die Bank ihr gegenüber an der Wand. Nicht weit von ihm war das Bündel Zeugs. Er konnte hinlangen und zog die Lumpen mit der rechten Hand weg. Steinern Fratzenhaftes wurde sichtbar. Ein Sonnenstrahl fiel durch die nicht zugeschlagene Tür auf einen großen Kopf, den auch Otto nun lange anstarrte. Der junge Miersch schniefte vernehmlich.

„Swantewit", murmelte Boleslaw Miersch.

„Er ist besiegt vom geschlagenen Sieger. Er kannte das Land, die raunenden Bäche, die schlanken Eschen, die verschleierten Erlen im Morgendunst, die Birken an der Sandkuhle, aber auch den Hirseschlag am Hang. Er könnte dir das Land heimisch machen. Du aber blickst auf den Angenagelten. Wenn schon, dann schau ihn an. Sieh ihn, wie er Land nur durchzog. Vielleicht ist er den Ziehenden besonders nahe." „Ja", sagte die Frau und deckte das steinerne Antlitz zu. „Möge der Herumziehende mit uns hier Heimat finden. Ich werde uns eine Kirche bauen, damit wir ihm die Ehre geben, eine Kirche auf dem Hügel."

„Ka hora", sagte Boleslaw. „Was heißt das?" fragte sie. „Am Hügel."

„Gut, am Hügel wollen wir wohnen!" Mit diesen Worten ging Maria Riese hinaus auf den hellen Hof, lief durch den Schlamm vorsichtig die Füße auf Festes setzend.

„Ich werde das Haus einrichten", sagte die Frau zum Mann.

Sie richtete das Haus ein, obwohl es das alte Haus war,

gefügt aus mächtigen Balken mit lehmverschmierten Ritzen. Ihr war immer bewusst, dass es Mierschs Haus gewesen war, brachte ihm und dem schnupfenden Sohn das tägliche Essen. Die Magd, die bald zuging aus den Hütten am Bach, wies sie an, für Miersch die Wäsche zu waschen.

Otto aber brachte sie in die Stadt, damit er Priester würde. Riese duldete es mit dem Spruch: „Eigentlich wird jede Hand gebraucht."

Nach einem Jahr im Spätsommer, als der erste Hafer auf dem Hof ausgedroschen wurde, weil sie nicht bis zum Winter warten konnten, sagte Maria Riese zu ihrem Mann, dass er anspannen sollte. Er fuhr mit ihr in die Stadt und miteinander saßen sie in einem großen, gewölbten Raum vorm Bischof. Dieser, ein breitschultriger Mann, hörte erstaunt zu, wie die Frau redete und nicht der Mann. Sie wollten nicht länger, so sagte sie, den weiten Weg zur Messe in die Stadt haben. Er, der Bischof, möge verfügen, dass eine Kirche am Hügel gebaut werde. „Damit das Haus Gottes über den Höfen steht, wenn mein Sohn als geweihter Priester zurückkehrt ins Dorf", vollendete sie die hastig vorgetragenen Sätze.

Der Bischof lächelte und gab zu bedenken, dass die Kirche entscheide, wo ein Priester hingeht und winkte doch mit der Rechten nach dem Schreiber. Dann diktierte er: es sei in Kahora eine Kirche zu errichten jenem Heiligen zu Ehren, der mit den Reisenden unterwegs sei, dem Christophorus.

Sie stieß den Mann in die Seite. So freute sie sich, als sie miteinander heimfuhren. Die Pferde liefen Trab auf dem staubigen Weg aus der Stadt hinaus. Maria Riese wusste, wo der Kalk zu holen ist und woher die Steine heranzuschaffen sind.

„Wer hat dir das alles gesagt?", fragte ihr Mann.

„Auf dem Markt habe ich mich umgehört." Wochen später ging Maria auf den Hügel und sah den Männern zu, wie sie die Gräben aushoben. Lehm stand dort an, den sie sorgfältig vom Geröll getrennt hielten, um ihn später in die Gehöfte zu fahren. Die Gespanne waren nach Kalk und Steinen unterwegs. Sand lag auf dem Hockerberg hinter dem Dorf.

In diesen Tagen starb Boleslaw Miersch. Der Sohn hockte an seinem Lager und triefte aus Nase und Augen. Als es zu Ende gegangen war, schaffte Anselm Riese mit den Knechten den Toten hinaus auf den Hügel und begrub ihn ein Stück weg vom Bauplatz, dort, wo vorläufig ein geflochtener Weidenzaun das künftige Gräberfeld eingrenzte. Eine Woche später packte Mierschs Sohn ein paar Sachen zusammen und zog zur Mutter jener Magd, die ihm bisher die Wäsche gewaschen hatte.

Schließlich war sie fertig, die Kirche, als erstes Haus im Dorf, das bis obenhin aus Steinen gemauert war. Sie war nicht groß. Man hätte besser von einer Kapelle sprechen können. Aber jeder aus dem Dorf hatte seinen Platz im neuen Haus Gottes, und wenn es ein Stehplatz war. Die Decke bestand aus roh behauenen Balken und das Dach war mit Schindeln eingedeckt; denn das Geld für gebrannte Steine konnte man nicht aufbringen. Der Priester kam aus der Stadt zum Messelesen und Beichtehören. Er kam unregelmäßig und roch nach Messwein, wenn ihn Maria Riese freundlich begrüßte. Fügte es sich so, dann taufte er die Neugeborenen nach dem Gottesdienst. Kam er nicht, mussten die Paten am

Tag nach der Geburt mit dem Säugling in die Stadt fahren, auch reiten, wenn die Wege durch Regen und Schnee unbefahrbar geworden waren.

„Siehst du", sagte Maria Riese zu ihrem Mann, „das geht mit den kleinen Kindern schon los, dass es die in der Stadt besser haben."

Aber das sagte sie nur, um ihn zu ärgern und um zu betonen, dass es gut war, den Sohn Otto Priester werden zu lassen, auch dass es an der Zeit war, seine Rückkehr ins Dorf zu betreiben.

Endlich war es so weit, dass der Großknecht mit einem Handpferd neben sich in die Stadt ritt, hinauf auf den Berg mit der Burg und dem Dom, dessen starke Mauern zwar schon ein Dach hatten, aber noch war keine Decke eingezogen, die den schauenden Blick fing, damit dieser hinfand zum Altar, der vorn auf der Erde stand, die den Füßen gehört.

Die Mutter nahm den Sohn in die Arme, so, als handelte es sich um den aus dem Evangelium. Die Weihe fand in Meißen statt, wo der junge Priester auch seine Primiz feierte. Es war ein beschwerlicher Weg und Maria hatte mit den Jahren zunehmende Schwierigkeiten beim Reiten. Aber fehlen durfte sie nicht. Das konnte sie nicht den Männer überlassen, dort zu zeigen, dass da eine Familie war und ein Dorf dazu, die den Geweihten wieder haben wollten. Man muss aufpassen in der Stadt, weil die dort alles besser wissen. Der Bischof wollte es auch anders haben, wie man weiß.

Die Sippe der Riesen nahm Otto mit, als sie heimzu ritten. In Oschatz mussten sie über Nacht bleiben. Der Mutter wurde es zuviel. Anderntags waren sie glücklich, als sie wieder zum Abendessen um den

Tisch vor dem Herd saßen, Maria, Anselm, der Vater, Otto und Anselm, der jüngste Sohn.

Otto sagte. „Heute schlafe ich hier auf der Bank und morgen richte ich mir die Kate von Boleslaw her." Der Mutter war es nicht ganz recht, aber sie wollte ihm nicht widersprechen.

Am nächsten Morgen stand Otto auf, als es gerade erst zu dämmern begann. Es kam ihm darauf an, dass er zuerst in der Hütte war, die seit dem Auszug des Sohnes von Boleslaw niemand aufgeräumt hatte. Er wusste um ein geräumiges Loch im gestampften Lehm des Fußbodens. Dorthin räumte er den steinernen Götzen , deckte die alten Bretter darauf und ein gewirktes Tuch, das ursprünglich an der Wand hing und gut erhalten war. Schließlich setzte er den großen Hocker auf das Versteck. Nach dem Frühstück ließ er die Mutter und die Mägde in dem Raum Ordnung schaffen, ohne allerdings den Platz auf dem Hocker zu räumen. Er beobachtete die Frauen, während er in einem Schriftstück las, das er mitgebracht hatte.

Nur wenige Wochen später sagte Maria Riese zu den Männern, die auf dem Anger beieinander standen, um die Bestellung der Felder zu besprechen: „Otto, wenn er nun schon unser Priester ist, braucht ein Haus neben der Kirche." An dem Tag zuckten die Männer nur mit den Achseln, aber im Frühjahr darauf bauten sie unmittelbar hinter dem Flechtzaun des Gottesackers ein Fachwerkhaus, mit einem gemauerten Erdgeschoss. Die Balken strichen die Männer mit Ochsenblut, die Felder dazwischen kalkten sie weiß. Es sah schmuck aus, das Haus, wenn es auch etwas schmalbrüstig war.

„Für einen ohne Frau und Kinder langt es", sagte Anselm, der Vater des Priesters. „Es ist Baugrund daneben da. Später kann eine Scheune gebaut werden und ein breites Wohnhaus, wenn wir einmal die Hufe des Pfarrers nicht mehr beackern." In dem Haus lebte nun Otto, versorgt von einer wendischen Zugehfrau aus der Mühlgasse, bis es ihn ins Heidenland hinaustrieb. Vorher aber verwirklichte der Priester seinen Plan mit dem Götzenbild, das er in der Dunkelheit aus der Kate des Boleslaw Miersch ins Pfarrhaus gebracht hatte. Unmittelbar hinter der Kirchentür ließ er ein großes Loch in die Mauer stemmen. Es ging schwer, weil die Feldsteine mit dem Kalk gut abgebunden hatten. Dann wurde in dieses Loch das Bildnis des Swantewit so eingemauert, dass man sehr wohl das Antlitz das Götzen noch sehen konnte.

Am darauffolgenden Sonntag predigte Otto im Hochamt: „Wenn ihr das Gotteshaus betretet, geht ihr am Bild dessen vorbei, den Christus besiegt hat." Die deutschen Bauern gingen fürderhin stolz vorbei, während sich ihre Frauen bekreuzigten. Die Slawen aber aus der Mühlgasse, die der Priester mit viel Überredungskunst in das Gotteshaus holte und schließlich taufte, sahen scheu nach ihrem alten Idol hin. Ihre Frauen machten im Vorübergehen einen Knicks. Wenn es Otto sah, schimpfte er. Montags ritt Otto in die Stadt. Einer der Domherren, die es einrichteten am Ort zu sein und nicht gerade nach ihren Pfründen zu schauen, wenn der Bischof in der Burg war, besaß eine Bibliothek, die sich sehen lassen konnte. Dort las Otto, was er nur unter die Finger bekam. Wenn er abends dann die Mutter besuchte, erzählte er ihr davon.

16

Einmal sagte sie: „Vielleicht wird aus dir noch ein Domherr oder gar ein Bischof!" Der Sohn erschrak, als er die Mutter so reden hörte und machte eine wegwerfende Bewegung mit der Hand. Einsilbig verließ er das Zimmer.

Die Bäuerin erzählte davon dem Bauern. Das hätte sie nicht tun sollen. „Großmannsucht der Weiber", meinte er. Als er dann auf dem Sterbelager vom Sohn versehen wurde, nahm er ihm das Versprechen ab, niemals in die Stadt zu ziehen. Dieses Versprechen hielt Otto. Unter den Tränen der alten Mutter ist er Jahre später nach dem Osten aufgebrochen. Seine Spur verlor sich in den Wäldern der Pruszen , die er bekehren wollte.

Von dem allen wusste Risse, der Viehdoktor, nichts. Wenn er vor dem großen querliegenden Haus stand und wie an jenem alkoholträchtigen Morgen die Tür aufschloss, machte er sich aber öfter klar, dass der Mensch nicht nur von dem lebt, was er selbst gelernt und erfahren hat. „Doch jeder denkt, es geht mit ihm los ...", murmelte er einmal vor sich hin.

Der Klettehof

„Es ist ein Jammer", sagte der Bamser, der schon wieder in der Kneipe saß, „wenn man den Hof ansieht." Die Wirtin nickte zustimmend: „Alles leer und das Unkraut wuchert. Es ist gut, dass Kletten Hede das nicht mehr erlebt hat."

Hanna Raschke hörte dann von der Theke aus, wo sie Gläser wusch, nur noch mit halbem Ohr hin, als der Bamser erzählte, wie er mit anderen von der Dorfjugend Hedwig Klette geärgert hatte. „Als ob ich das nicht wüsste", murmelte die Wirtin. „Sie war doch als geizig verschrien im Dorf. Gerade deshalb haben wir mit dem Pfannkuchenbetteln zu Fastnacht bei ihr angefangen. Das Hoftor war verrammelt, aber wir haben so lange Steine dagegen geworfen, bis Hede mit dem Besen in der Hand zum kleinen Tor herausgeschossen kam. Sie schrie: ‚Ihr verdammten Kräbel. Ich werde euch Wänstern heimleuchten.' Aber erwischt hat sie keinen von uns. Wir waren schneller."

Hanna brachte noch ein Bier und einen Korn. Der Bamser sinnierte vor sich hin. „Der alte Schulmeister hat uns erzählt, dass schon einmal der Hof wieder wüst dagelegen hat, nachdem ihn Flamen von 1154 an auf die Höhe gebracht hatten."

Damit hatte er recht. Es war kein Klette gewesen, die kamen viel später auf das Anwesen, sondern ein Buller, der mit der Wagenkolonne zog, die Anselm Riese anführte. Heinrich Buller starb die Frau unterwegs am Kind. Er hat dann wieder geheiratet, eine Slawin aus der Mühlgasse, ein hübsches Weib mit glänzendem schwarzen Haar. Mit Recht wurde von ihm im Dorf gesagt, dass keiner so geschickt hinter dem Pflug war wie er. Sein Eisen brach die Schollen dicht bei dicht und speckig glänzte der Acker am Achtrutenberg, wenn seine Pflugschar darüber gegangen war. Emmer sollte dort wachsen, wo Brache gewesen war. „Der Bischof will weißes Brot haben!", lachte der Buller. Auf der Kuppe des Hügels blieb das Gebüsch stehen, weil dort Steine für die Fundamente der Häuser im Dorf gebrochen wurden. Auch für die Kirche holten sie späterhin Baumaterial vom Achtrutenberg. Heinrich Buller wurde alt. Seinem Sohn und noch dem Enkel brachte er bei, den Acker zu brechen wie er. Der Enkel war ein gestandener Mann, als aus der Heimat, aus Flandern, Besuch kam. Wie das so ist. Tuchhändler sind geschwätzig. Begonnen hatte alles damit, dass der Enkel Anselm Buller am Hobeholz pflügte. Es kam einer von der hohen Straße her gelaufen, fuchtelte schon von weitem mit den Armen und schrie etwas von Notstand und dringender Hilfe, die er brauche. Der Bauer legte unbeirrt seine Furche bis zum Feldrain und brachte dort die Pferde zum Stehen. Der hilfesuchende Mann stieß atemlos Worte hervor, die dem Bauern geläufig waren.

„So wie du sprach unser Alter, Gott gehab ihn selig", sagte er. Dann spannte Anselm Buller seine Pferde aus und trieb sie hinter dem Mann her, der nun wieder zur Straße zurücklief, wo sein Planwagen seitab mit zwei Rädern im Schlamm steckte. Schweißbedeckt standen schwere Pferde im Geschirr. Der Bauer sah sich die Kalamität in Ruhe an: „Die Deichsel ist ja für Vorspann zugerichtet. Wir werden es schon schaffen." Mit dem unvermeidlichen Gebrüll gelang es schließlich auch, den Kaufmann mit seinem Wagen wieder auf den rechten Weg zu bringen.

Ein Gefallen ist einen anderen wert. Anselm Buller sagte dem Kaufmann. „Du kannst die Verwandtschaft grüßen im fernen Flamenland. Der Alte, was mein Großvater ist, hat oft von seiner Heimat und unseren Leuten dort erzählt."

Der Kaufmann sagte, das wolle er gern tun, wenn er von der Reise zurück sei, und ließ sich Ort und Namen nennen. Mit Hüh und Hot zog er schließlich weiter, nachdem er vorher den Rössern den Schweiß abgetrocknet hatte.

Die Tage gingen ins Land. Nach dem zweiten Winter hielt ein Reiter bei Anselm Buller vor dem Tor, der vorgab, sein Vetter zweiten Grades zu sein. Georg hieß er und saß abends am Tisch, ließ sich das Schweinerne gut schmecken.

Er erzählte, wie sie sich daheim rüsteten auf einen neuen Kreuzzug hin, wie es gälte, das heilige Jerusalem zurückzuerobern, das der Saladin den Christen weggenommen habe. Auch schwärmte er von Konstantinopel, einer Stadt, die mehr als Rom mit ihren Schätzen die Besucher in Stauen versetze. „Sie ist eine wahre Erbin des Glanzes, der von den Alten herkommt. Konstantinopel ist die Stadt."

Anselm hörte mit offenem Mund zu. Das ging tief in die Nacht. Am anderen Morgen sagte Anselm zu seinem Vetter: „Ich reise mit dir." Die Frau, sie stammte aus Püchau und hatte keine Kinder, weinte zum Erbarmen. Aber er blieb bei seinem Entschluss: „Du hast den Hof. Der Großknecht und die beiden Mägde helfen dir. In zwei Jahren bin ich zurück."

Er kam nicht zurück, in zwei Jahren nicht und nicht in vier Jahren. Zehn Jahre dauerte es, ehe er heimfand. Der Hof lag da schon wüst und die Nachbarn berichteten ihm, dass seine Frau zu den Eltern nach Püchau gezogen sei.

„Von dort aus ist sie in die Stadt abgewandert", sagte Jakob Riese, der nun den Hof bewirtschaftete, den sein Großvater in Besitz genommen hatte. „Ich will die Frau suchen", sagte Anselm Buller. „Gut, aber vorher komm herein. Wir können dich und dein Pferd nicht hungrig weg lassen." So saß er einen Abend lang bis weit nach Mitternacht vor dem Herdfeuer, das Rieses Frau immer wieder schürte. Die beiden halbwüchsigen Söhne hockten mit offenem Mund links und rechts vom Gast. Auch vor ihren Eltern tat sich eine unbekannte Welt auf. „Die Verwandtschaft", erzählte Buller, „hat mich wie ein Einhorn aus dem Märchen bestaunt. Nur die ganz Alten erinnerten sich an den Auszug unserer Väter. Die Not ist die gleiche wie vor Zeiten. Es gibt zu wenig Land und manchmal frisst noch die See ein Stück von dem wenigen. Dort liegt kein Hof wüst." Da war einen Augenblick lang ein Schwanken in seiner Stimme, ehe er sich fing und wieder fest fortfuhr zu berichten. „Ich konnte mir bei der Verwandtschaft nicht viel ansehen; denn Balduin von Flandern drängte zum Aufbruch. Wir ritten Seite an Seite, mein Vetter und ich. Er war schon einmal dabei gewesen als junger Dachs. Abends in den Quartieren erzählte er, wie er Jerusalem, die hochgebaute Stadt aus der Ferne sah, golden in der strahlenden Sonne des Heiligen Landes. Erobern konnte sie Richard Löwenherz nicht. Zu stark waren die Scharen Saladins. ‚Sie blieb unser Ziel', sagte mein Verwandter, ‚sie ist das Abbild der himmlischen Stadt.‘ Auf unserem Zug sahen wir erst einmal irdische Städte am Rhein, die mich das Nest, wo wir zu Markte gehen, vergessen ließ, seine Hütte Gottes sowieso. Dort waren Dome, zu Mainz, zu Worms, zu Speyer. Wisst ihr, was ein Gewölbe ist?" Die Riesefamilie schüttelte mit den Köpfen. „Über dem Kirchenschiff nehmen die Bauleute Steine für die Decke und nicht behauene Stämme wie bei uns und in den Städten hier in der Nähe. Es ist nicht leicht, so eine große Halle zu überspannen. In Mainz waren sie gerade dabei ein Kreuzgewölbe zu mauern. Ich habe es mir genau angesehen. In Speyer standen wir an den Kaisergräbern, ehe der Zug weiterging nach dem Süden und endlich über die Alpen. Nach der Weite des Meeres habe ich den Schnee auf den hohen Spitzen gesehen, wie er auch sommers nicht taut. Hinter den Alpen tat sich die weite Ebene auf, die wir zügig bis hin nach Venedig durchritten. Eine reiche Stadt ins Wasser hineingebaut, reich geworden durch den Handel mit dem Orient. Dort lag die Flotte für uns bereit. Das Sagen hatte für unsere ganze Unternehmung der Doge. So wird in Venedig das Oberhaupt genannt. Sie gehören nicht zum Reich. Sie sagen, sie hätten eine Republik und 12 Wahlmänner entscheiden, wer jeweils bis zu seinem Lebensende den Staat regiert. Der Doge Enrico Dandalo war ein alter Fuchs. Das stimmte schon von seinen Jahren her, aber auch mit seiner Erfahrung und listigen Schläue konnte keiner mithalten. Gegen den Willen des Papstes spannte er uns für seine Pläne ein. Wir eroberten die dalmatinische Küste und vor allem Zara, ehe wir um Griechenland herum auf Konstantinopel zu segelten, eine Stadt, vor der sich auch die Städte am Rhein verstecken müssen. Das erste Mal war ich nicht mit eingeritten. Aber als es dann an die Eroberung ging, war ich dabei. Zuerst siehst du die Mauer, die ein Kaiser vor 600 Jahren hat bauen lassen. Du denkst, dass man sie nicht überwinden kann. Wir brachen sie doch und stürmten in die Stadt hinein, immer mit dem blanken Schwert in der Hand; denn uns wurde oft bange unter dem vielen Volk, das Straßen, Plätze und Häuser füllte. Unsere Stärke war der Schrecken, der vor uns her ging. Die Leute waren ein weiches Leben gewöhnt. Unserer Härte hatten sie wenig entgegen zu setzen. Über eine Stunde musst du gehen von den Toren her, bis du zu dem großen Palast und zu der Kirche kommst, von der man sagt, dass sie das gewaltigste Gotteshaus der Welt ist. Schaust du in die Kuppel, so meinst du, ihre Bedachung schwebt, um dir jederzeit den Blick in den Himmel zu öffnen. Brücken sind da, die über einen Meeresarm, der den idealen Hafen abgibt, zum anderen großen Teil der Stadt hinüberführen. Nicht nur Handel und Wandel blüht, sondern auch das Laster. Neben der Werkstatt, in der mit unerhörter Kunst Schmuck gefertigt wird, ist der Zugang zur Gasse der Fleischeslust. Wo ein Platz dafür da ist, zwischen all den Häusern, fruchtet in den Gärten der Feigenbaum und anderes Gehölz, das du nur vom Hörensagen kennst. Ich kam in eine Straße, in der noch nicht geplündert worden war. Schon der Duft aus den Gewürzläden konnte einem den Kopf benommen machen. Daneben gab es in vielen Auslagen die feinsten Stoffe, Purpur und Damast, wie ihr es noch nicht gesehen habt. Wenn ich euch und auch mich jetzt wieder in dem groben Leinen sehe, ist es mir, als ob wir in einer andern Welt leben. Nicht weit von diesen

Händlern hatten andere Schmuck ausgebreitet, von dem unsere Frauen hier nur träumen können. Wieder ein Stück Wegs weiter pries man mir Dolche an mit Damaszener Klingen. Sie funkelten in der strahlenden Sonne dieses Tages. Dann erhob sich ein Geschrei; denn hinter mir kamen die ersten Kriegsknechte, die nur auf Raub aus waren."

Es war wohl Jakob Riese zuviel, wie dieser die ferne Stadt lobte und er ansehen musste, wie seine Söhne am Munde es ehemaligen Nachbarn hingen. „Was ist dir geblieben von dem allen?", fragte er plötzlich. Der Buller sah ihn nachdenklich an: „Ein marodes Pferd und das hier." Er holte einen Beutel unterm Rock hervor und ließ die Riesefamilie hineinschauen. Da glitzerte und gleißte es schon von über zwei Dutzend Goldstücken. „Aber krank gemacht habe ich mich", sagte er, „und nun will ich meine Frau suchen oder Ruhe in einem Kloster finden." Am nächsten Tag ritt er weg. Der Gaul hatte sich bei der Pflege durch die Riesesöhne erholt. Er nicht. Hustend verließ er den Hof. „Habt Dank! Und auf ein Wiedersehen."

Mit ihm gab es das nicht, ein Wiedersehen. Aber mit anderen Nachbarn heutzutage gab es ein Wiedersehen. Dieses Mal hielt ein Mercedes, ein gebrauchter, dem man sein Alter ansah, vor dem Riese-Haus. Magdalene putzte gerade Fenster, als Hans Weller mit seiner Frau und Sebastian ausstiegen. „Hallo Magdalene", rief Hildegard, während Vater und Sohn nach dem Klettehof hinüberliefen. „Mensch ich hätte dich beinahe nicht wiedererkannt. Eine flotte Frisur hattest du schon immer, weil ihr euch die in eurem Genossenschaftsladen selbst machen

konntet. Aber jetzt siehst du aus wie ein Model."
„Übertreib nicht. Wir wollten uns nur mal wieder
umsehen. Der Junge hat Ferien. Hans und ich haben
eine Woche Urlaub genommen. Mehr können wir uns
nicht leisten."
„Aber sonst geht es euch gut?"
„Ja, schon. Ich arbeite in einem Frisörsalon drinnen in
Erding. Hans hat auf dem Dorf, wo wir wohnen, Arbeit
gefunden als Traktorfahrer, wie er schon einmal
angefangen hatte, ehe er das Agronomstudium machte.
Manchmal fährt er auch Mähdrescher. Was so anfällt.
Er kommt mit seinem Chef gut hin. Der macht
Vertragsarbeiten bei den Bauern, beinahe so etwas wie
ganz früher in der DDR die Maschinenausleihstationen.
Und wie geht es euch?"
„Es wird eben vieles anders. Der Mann muss sehen, wo
er bleibt. In der Stadt hat er eine Kleintierpraxis
eingerichtet. Aber zweimal in der Woche und auch
nachts oft macht er noch Rinder und Pferde. Da hängt
eben sein Herz dran und nicht an den Schoßhündchen,
Siamkatzen und was da so alles angeschleppt wird. Mit
den Pferden wird es auch mehr. Heute ist er auf einem
Reiterhof, der in der Flussaue der Mulde neu
eingerichtet wird."
Inzwischen kamen der Mann und der Junge von ihrer
kurzen Inspektion zurück: „Das sieht ja aus! Die Tür
eingetreten, viele Fenster kaputt und wucherndes
Unkraut überall. Hat sich denn von der Familie
niemand gemeldet?!"
„Du bist gut", sagte Magdalene. „Wer soll sich da
melden. Kletten-Hede ist schon lange tot. Ihr Sohn war
kinderlos und starb mit seiner Frau Anfang der
siebziger Jahre, kurz ehe ihr gekommen seid. Das

haben wir euch damals schon erzählt, als die LPG euch die Wohnung gegeben hat. Als ihr aus dem abgewohnten Haus etwas gemacht habt, habt ihr nicht groß nachgeforscht, ob da von den Vorbesitzern noch jemand existiert."

„Stimmt", sagte Hans Weller, „war wie bei den alten Germanen. Wer etwas nutzte, kümmerte sich um dieses Stück sogenanntes ‚Volkseigentum'. Die Dachrinne vergammelte, aber im Zimmer lag ein schöner Teppich aus der Mongolei mit recht passablen Polstermöbeln drauf."

Magdalene lachte: „Du hast dich sogar um die Dachrinne gekümmert. Ums Dach sowieso."

„Weil ich nicht wollte, dass unser Zeug verschimmelt. Aber jetzt! Was war denn da drüben los." Er zeigte auf den Hof.

„Da haben sich Halbstarke aus der Stadt drin zu schaffen gemacht. Hat doch keiner mehr das Sagen gehabt im Dorf. Der Bürgermeister, der Abschnittsbevollmächtigte von der Polizei und der Genossenschaftsvorsitzende sind sofort nach der Wende weggezogen oder sind eben in der Stadt geblieben, wo sie, wie der Bürgermeister und der Polizist, ihre Wohnung hatten. Diese strammen Genossen wollte keiner mehr sehen. Die Dorfjugend hat eines Tages mit den Städtern einen Streit hier auf dem Platz angefangen. Die Städter zogen sich in den Hof zurück Es gab eine regelrechte Schlacht. Die Folgen habt ihr dort drüben gesehen. – Aber kommt erst einmal herein. Steht nicht auf der Straße herum."

„Wir wollten in den Gasthof, einen Bissen essen und anschließend durchs Dorf gehen", sagte Hildegard.

„Kommt gar nicht in Frage! Kommt herein. Ich habe

26

Sauerkraut mit Rippchen. Die langen schon für euch. Seitdem die Kinder aus dem Haus sind, koche ich immer zu reichlich. Für den Mann gibt es abends Bratkartoffeln, wenn er überhaupt Warmes will, wenn er heimkommt. Oft isst er unterwegs." In der großen Wohnküche saßen die Wellers vor dem Tisch auf der Eckbank. Magdalene brachte die Rippchen vom Elektroherd. „Es ist noch warm. Sauerkraut darf nicht so heiß sein. Und ehe wir auf die Kartoffeln warten, bring ich uns Brot dazu. Da gibt es jetzt endlich anständiges im Konsum. Ich sage immer noch Konsum zu dem Laden", lachte sie. „Nun erzählt, wie alles gekommen ist."

„Wir konnten doch nie nach dem Westen." Hildegard Weller kaute mit vollen Backen. „Der mit seiner Bauernpartei", sie zeigte mit der Gabel auf ihren Mann. „Das ging ja noch, aber ich mit der Scheiß-SED. In der Partei warst du leibeigen, wenn du ansonsten in der DDR volkseigen warst. Das weißt du ja." Magdalene nickte verstehend. „Die hohen Bonzen durften natürlich, aber wir nicht. Was ich eigentlich in der Partei wollte, weiß ich heute nicht. Genützt hat es mir nicht. Frisöre braucht jede Gesellschaftsordnung. Das merke ich jetzt wieder. Du musst natürlich ran und da ist der erste Lack von der Westbegeisterung bald ab. Aber vergessen kannst du das nicht, wie du zum ersten Mal die vollen Geschäfte gesehen hast und überhaupt alles. Nun lache nicht: Was mich am Anfang auch so beeindruckt hat, das waren die vornehmen Toiletten. Wenn ich da zurückdachte an unsere dreckigen Klos. Jetzt hat sich hier schon manches gebessert." „Vergiss das Essen nicht", forderte sie Magdalene Riese auf und schob ihr die große Schüssel nochmals hin.

„Nein, danke!", sagte Hildegard Weller. „Ich muss auf die Figur achten. Aber das wollte ich dir doch erzählen, wie alles gekommen ist."

„Rede ruhig. Ich mache uns einen Kaffee!"

„Den brauche ich nicht!" sagte laut der Junge. „Ich auch nicht", pflichtete ihm sein Vater bei. „Wir machen inzwischen einen Rundgang durchs Dorf." Als sie zur Tür hinaus waren, sagte Hildegard: „So. Wo waren wir gerade?" Sie erwartete keine Antwort. Als Magdalene mit dem Kaffee aus der Espressomaschine an den Tisch zurückkam, meinte sie: „Den hätte ich fürs Reden nicht gebraucht. Aber für den Kreislauf ist er gut. Kaffee gab es schon in Ungarn guten, wenn man ins Lokal ging. Das konnten wir uns natürlich nur selten leisten. Wir zelteten wieder bei dem kleinen Ort am Rande der Bilderbuchpussta und saßen fast jeden Tag in der warmen Brühe. Das Bad war nebenan, auch mit einem großen Kaltbecken für den Mann und den Jungen. Etliche Deutsche, auch Österreicher waren da. Einzelne kannten wir schon von den beiden Jahren vorher. So weit im Osten hatten wir schlechten Empfang auf unserem Kofferradio, aber der Junge hatte auf der Kurzwelle schon etwas gehört. Es war an einem Dienstag. Ich werde das nicht vergessen. Da saß neben mir ein Mann im Warmbecken - ich ging immer in das mit 36°C - der erzählte von einer Hilfsorganisation, zu der er gehörte, die in oder bei Budapest ein großes Lager betreuen würde mit DDR-Leuten, die nicht zurück wollten. Ich quetschte den Mann sofort aus. Er sagte: ‚Haben Sie denn nichts von den 500 gehört, die am Sonnabend nach Österreich geflohen sind?' Als er mir alles erzählt hat, bin ich zum Kaltbecken gelaufen, habe den Mann und den Jungen herausgeholt und gesagt: ‚Auf nach Budapest! Sofort packen!' Hans war zuerst von meiner Idee gar nicht begeistert, aber der Junge wollte sofort nach dem Westen. Wir bauten das Zelt ab und fuhren nach Budapest. In dem Lager war ein unbeschreibliches Durcheinander. Einer machte den anderen nervös, bis am 11. September endlich die Grenze geöffnet wurde." Sie nahm einen Schluck Kaffee.

Magdalene sagte: „Was da los war, haben wir uns im Fernsehen angeschaut. Wenn ich es mir recht überlege, war es für uns eine Art Vorgeschmack der Freiheit."

„Der Rest ist schnell erzählt. Zuerst fuhren wir nach Erding, wo ein entfernter Vetter von Hans wohnt. Bei ihm kamen wir erst einmal unter. Binnen vierzehn Tagen hatten wir die Wohnung auf dem Dorf und Arbeit."

Beide Frauen schreckten auf, als vor der Tür gehupt wurde. Hans und Sebastian standen winkend am Auto. Magdalene kam mit vor die Tür und verabschiedete sich zuerst von den beiden. Hildegard zeigte auf den benachbarten Klettehof: „Wie ich das gesehen habe war ich wieder froh, dass mein Schwager unsere Wohnung sofort ausgeräumt hat, als wir nicht zurückkamen. Vorläufig steht alles bei ihm in Präbelschütz in der Scheune. Wir konnten bisher nicht viel in unserer jetzigen Wohnung unterbringen. Vielleicht bauen wir bald ein Haus."

„Das wünsche ich euch", sagte Magdalene Riese. „Dann habt ihr dort wieder Heimat."

Hildegard umarmte sie: „Vielen Dank, auch für das Essen. Wenn ihr einmal nach Bayern kommt, lege ich dir eine Frisur, dass du mit Nina Hagen konkurrieren kannst!"

Magdalene lachte: „Hör mir auf mit dem schrägen Vogel. Aber ich werde mir dein Angebot merken. Kommt gut zurück nach Bayern."

Der Eberthof

„Schon wieder ein Mercedes", brummte der Bamser, der vor der Kneipe stand, hin zu Hanna Raschke, die die Heiste kehrte. Der Fahrer des haltenden Autos ließ das Fenster herunter und setzte die Sonnenbrille ab. „Mensch! Conny Moneymaker!", schrie der Bamser. Der Mann am Steuer winkte ab: „Hol dich wieder ein. Weißt du, ob der Dicke aus dem Krankenhaus 'raus ist?"

„Müsste sein", war die Antwort.

Konrad Mangel nickte, legte den Gang ein und fuhr zum Eberthof. Als er das Auto abstellte, murmelte er: „Die Gebäude sahen einmal anders aus. Alles vergammelt!"

Maria ließ ihn ein, als er klingelte. Nach der Begrüßung sagte er: „Das ist auch etwas Neues, dass ihr eine Klingel habt." „Ja", seufzte sie, „das muss jetzt sein von wegen der Vertreter, die uns die Bude einrennen. Wenn es das nur wäre ... komm' rein. Er sitzt im Lehnstuhl."

Als Konrad Mangel die Stube betrat, machte Heinz Ebert eine Bewegung, als ob er aufstehen wollte.

„Bleib sitzen", sagte Konrad Mangel, holte sich einen Stuhl heran und setzte sich dann dem massigen Mann gegenüber.

„Schön, dass du nach mir siehst. Mir geht's beschissen."

„Wenn ich mich in den vergangenen Jahren hier im Dorf habe blicken lassen, wusste ich nie, wer mich sehen wollte und wer nicht."

„Vergiss es. Wir haben uns auf dem Friedhof gesehen, als du dort wegen der Grabpflege nach dem Rechten gesehen hast. Ist sicher zehn Jahre her."

„Vielleicht noch länger. Am Grab meiner Eltern war ich jedes Mal, wenn ich eine Aufenthaltsgenehmigung hatte. Die versorgte mir meine Tante in der Stadt. Manchmal kam ich auch von der Messe aus, illegal, wie die Idioten das nannten. Angehalten hat mich keiner, weder auf der Bahn noch mit dem Taxi. Die SED-Bonzen wollten wohl durch die Finger sehen, um sich international zu gebärden."

„Nun ist das alles überstanden. Ich werde nur nicht mehr viel mitbekommen."

„Male nicht schwarz!"

Müde winkte Heinz Ebert ab und fasste sich ans Herz: „Meine Kognakpumpe macht nicht mehr mit."

„Herzschrittmacher?"

„Habe ich schon. Es war einfach zu viel. Weißt du, was das ist: Abortus Bank ?"

„Noch nie gehört."

„Das hat mich fertig gemacht 1958."

Maria kam mit Kaffee. „Was willst du dazu?", fragte sie den Gast.

„Eine von deinen Fettbemmen, wenn du mich schon fragst."

„Du hast Glück. Schweine im Stall haben wir nicht mehr. Aber ich habe Schmer und Speck gekauft. Gute Zwiebeln baue ich noch selbst an, und wenn sie auf dem Supermarkt zehnmal billiger sind."

Konrad Mangel wandte sich wieder an Heinz: „Du wolltest mir erklären, was Abortus Bank ist."

„Es ist das seuchenhafte Verkalben. Ich hatte über zehn Jahre nach dem Krieg und den Räuberrein der Russen danach wieder einen Rinderstall aufgebaut, der sich sehen lassen konnte. Alles Herdbuchvieh, Tbc-frei sowieso. Nicht nur, dass ich über das Soll hinaus mit den freien Spitzen der Milch Geld machen konnte. Meine Kühe endeten auch nicht beim Fleischer. Es waren Hochleistungstiere, die ich fast ausnahmslos rechtzeitig verkaufte. Es gab noch einige Einzelbauern, die solch eine Milchmaschine haben wollten. Plötzlich aber Abortus Bank. Wer mir das in den Stall geschleppt hat, weiß ich nicht, vielleicht der Tierarzt. Dieses seuchenhafte Verkalben ist nach seinem Entdecker genannt. Mit dem Nachwuchs wird nichts mehr. Ohne Kälber ging mir die Luft aus. Um das Unglück voll zu machen, kam ein Unwetter, das meinen Weizen, der in Puppen stand, zur Hälfte wegschwemmte und verdarb." Er atmete schwer. „Sie haben mir das Messer an die Gurgel gesetzt von wegen Nichterfüllung des Solls. Die Steuern hätten mich vollends arm gemacht. So bin ich schon 1958 in die LPG eingetreten. Als dann 1960 die allgemeine Zwangskollektivierung mit diesen rüden Methoden kam, wurde ich in Ruhe gelassen. Beim Nachbarn vor dem Haus stand der Lautsprecherwagen, aus dem heraus ihn Tag und Nacht ein Parteibonze aus der Stadt vollplärrte. Alle unterschrieben schließlich und mich machten sie zwei Jahre später zum Brigadier. Das nahm mir der Nachbar übel. Die anderen Bauern im Dorf meinten, dass sie mit mir besser bedient seien als mit der Lusche aus der Stadt. Richtige Agronomen waren erst am Anfang ihrer Ausbildung."

Er keuchte und trank einen Schluck Kaffee. Maria brachte die Brote mit Griebenfett. Konrad Mangel langte zu. „So etwas gibt es nur in unserem Dorf." „Sagst du das noch: unser Dorf?", wollte Heinz wissen.

„Selbstverständlich. Wir sind von München aus oft in Tirol. Da ist es dörflich. Aber es ist nicht unser Dorf."

„Womit hast du eigentlich das viele Geld verdient?"

„Wieso viel Geld?" Ein wenig Selbstgefälligkeit war in der Frage. Nüchtern antwortete der Dicke: „Was eben die Leute so reden. Und deinen Mercedes sehe ich."

„Häuser gebaut und mit Immobilien gehandelt. Du weißt ja, dass die Mutter tot war und der Vater eine andere Frau hatte. So haben mich die Briten auf meinen Antrag hin aus der Gefangenschaft in ihre Zone entlassen. Von dort ging ich nach Schwaben zu Siemens. Im Süden war mehr los als im Norden. Neben der Arbeit machte ich meinen Ingenieur. Im Krieg gab es keinen Abschluss, aber ich hatte wenigstens von dem Ganzen schon eine Ahnung. Leicht war es trotzdem nicht. Unter denen, die mit mir büffelten, war ich beileibe nicht der Älteste. Wir hatten 1944 geheiratet. Wenn die Frau in dem einzigen Zimmer das Kind versorgte oder bügelte, saß ich mit meinen Büchern am Tisch und hielt mir die Ohren zu. Neben dem Zimmer lag eine Schlafkammer, Küchenbenutzung mit der Wohnungsinhaberin. Und Stadtrand mit langen Wegen. Ich wollte für uns eine Wohnung möglichst nahe am Zentrum von Stuttgart haben. Wiederausbau von zerbombten Häusern. Damit fing es an. Jetzt habe ich ein schönes Haus in einem Münchner Außenbezirk, weil, anders als früher, niemand gern im Zentrum wohnt. Eine Reihe von Mietshäusern in München, Stuttgart und Mainz hat meine Firma gebaut. Einzelne besitze ich noch. Kommt zu uns, damit ich euch manches zeigen kann. Meine Frau würde sich freuen."

„Du siehst, was mit mir los ist", kam es schwer atmend

aus dem Sessel. „Wird so schnell nichts werden mit einem Besuch."

„Sehe ich ein. Wir wollen nichts überstürzen. Erzähle, wie hier alles gelaufen ist. Wenn ich die Messe in Leipzig besucht habe und einen kurzen Abstecher hierher zu den Gräbern machte, habe ich nicht einmal die Hälfte von dem mitbekommen, was tatsächlich passierte. Ich gehöre nicht zu den Wessis, die schon immer alles wussten. So habe ich keine Ahnung, wie war das, als die Russen deinen Vater erschossen haben?"

„So schlimm das für uns alle und besonders die Mutter war, hat er sich doch die Sache weitgehend selbst eingebrockt. Als begeisterter Jäger, der er war, wollte er seine kostbaren Flinten retten und kam auf die wenig glorreiche Idee, die drei Gewehre zusammen mit unserem Polen, der seit 1940 bei uns arbeitete, auf der Obstwiese hinter unseren Hof zwischen den Apfelbäumen, nicht weit vom Bach, zu vergraben. Der Pole hatte unser Vertrauen und wir vielleicht auch das seine, aber Feinde blieben wir. Man weiß auch nicht, welchen Druck die Sowjets zusammen mit anderen befreiten Fremdarbeitern auf ihn ausübten, als sie das Dorf besetzt hatten. Es war alles außer Rand und Band in diesen Maitagen 45, wie mir meine Mutter oft versicherte."

Maria nickte: „Jede Nacht sind wir, meine Schwester und ich, in den Geräteschuppen geschlichen und haben dort geschlafen, wenn wir nicht vor Angst wach blieben."

„Jedenfalls führte der Pole einen Leutnant, der mit seinen Leuten bei uns einquartiert war, zu dem Versteck. Sie gruben die Waffen aus, verhafteten

35

meinen Vater und fuhren mit unserem Jagdwagen, vor den sie zwei Panjepferde gespannt hatten, hinaus in den Bruch. Dort haben sie ihn in der Sandgrube, die dem Schmied gehörte, sofort erschossen. Nach einer halben Stunde waren sie zurück und sagten der Mutter, sie könne die Leiche holen lassen. Das hat der alte Doktor mit seinem Sohn, der gerade 'mal vierzehn Jahre alt war, für uns getan. Wir haben es ihm bis zu seinem Tod nicht vergessen. Einen Ochsen hatten sie dafür eingespannt, weil die Russen die Pferde weggenommen hatten. Nur gut, dass ich schon zwei Monate später aus amerikanischer Gefangenschaft - ich habe Kreuznach genossen – nach Hause kam. Mein älterer Bruder – das weißt du ja – war vor Leningrad gefallen. Also blieb ich auf dem Hof und wirtschaftete mit der Mutter. Anfangs - nach 45 - haben wir abenteuerliche Sachen machen müssen. Zum Beispiel bekamen wir die Auflage Tomatensamen zu liefern. Mit dem Reifen der Früchte hatten wir gegenüber anderen Jahren keine Schwierigkeiten, weil der Sommer 47 mit brütender Hitze daherkam. Wasser hat uns die Dorffeuerwehr auf das Feld gepumpt. Die Leute bekamen ein ordentliches Abendbrot. Damit war es gut, wenn man davon absieht, dass ich neuen Diesel von den Russen besorgen musste. Heute kannst du ein Vermögen hinblättern, wenn du die Feuerwehr in Anspruch nimmst. Wir brauchten sie kürzlich für die große Pappel im Vorgarten. Sie war innen hohl und ich hatte Bedenken, dass sie bei Sturm umfällt und das Dach zerschlägt. Doch zurück zu den Tomaten. Kannst du dir vorstellen, welche Schweinerei das gibt, wenn die reifen Früchte gemaischt werden, um die kleinen Samen zu gewinnen? Wir sahen aus wie Schauspieler nach einer misslungenen Premiere, als wir mit Gummistiefeln in dem Brei herumstampften. Nach fünf Jahren, als es etwas aufwärts ging, starb die Mutter. Ich holte mir Maria aus Trebelsen."

„Mach' mal halblang", mischte sich Maria ein. „Ich habe mich nicht holen lassen, sondern ich bin gekommen und habe dich geheiratet, weil du von allen Interessenten die optimalste Lösung warst."

„Hättest du denn mich geheiratet?", wollte Konrad Mangel wissen.

„Damals schon, als uns in der Rechenstunde Lehrer Rechendorf nebeneinander in eine Bank setzte, weil wir die Besten waren. Heute nicht mehr."

„Das ist eine klare Auskunft", sagte er lachend. Maria lachte auch, wurde aber schnell wieder ernst: „Nach unserer Hochzeit haben wir den Rinderstall aufgebaut. Das hat mir genauso Freude gemacht wie Heinz. Bald hatten wir eine Melkmaschine, obwohl mir das Melken mit der Hand nichts ausmachte. Es ging von Jahr zu Jahr aufwärts bis das Unglück über uns hereinbrach. Oft habe ich an die alte Geschichte denken müssen, die vom Eberthof aus der Zeit der großen Pest erzählt worden ist, bis sie vor dreihundert Jahren ein Chronist aufgeschrieben hat. Der Oberlehrer Wetzel hat es mir ermöglicht, dass ich den Bericht lesen konnte. Er hat mir geholfen, alles zu verstehen. Ein gewisser Trost war es mir dann, wenn ich mir sagte: es ist schlimm, die Seuche im Stall zu haben, schlimmer ist es, sie in den Stuben der Mensch zu erleben.

Ehe die Krankheit, die ganz Europa überzog, hierher kam, war ein kaltes und nasses Jahr. Die Ernte verdarb auf dem Halm. Der Bauer hatte selbst nichts zu essen. Auf unserem Hof wirtschaftete der dritte Sebald Köpper. Den dritten Sebald Köpper nennen sie ihn, weil sein Vater und sein Großvater auch schon Sebald hießen. Der erste war keiner von den flämischen Siedlern des Anfangs. Die Köppers kamen später aus dem Fränkischen. Sie hatten es nicht leicht, wussten doch die Alteingesessenen durch jahrzehntelange Erfahrung genau, auf welchen Landstücken gute Erträge zu erwarten oder wenigsten zu erhoffen waren. Ein guter Bauer war der dritte Sebald Köpper eben auch nicht. So traf ihn die Missernte kurz vor der Mitte des Jahrhunderts in jenem nassen und kalten Jahr hart. Fleisch kam zwei Jahre lang nicht auf den Tisch, wenn seine Frau Johanna die fünf Kinder zum Essen rief. Im Frühjahr suchte sie die zarten Spitzen der Kräuter zusammen und schnitt sie klein für die Kinder zum Brei. Sehnsüchtig wartete sie auf einen warmen Frühjahrsregen, damit das Gras stärkeren Wuchs bekäme. Doch jeden Tag wieder stand ein blauer Himmel über dem Dorf. „Das Heu geht zur Neige", sagte Köpper zu seiner Frau. „Ich werde die tragende Kuh verkaufen. Da bleibt uns wenigsten das Geld. Wenn wir die nächsten drei Wochen überstehen, kommt vom frischen Gras bei der anderen Kuh wieder mehr Milch." Die Frau seufzte: „Hirse und Erbsen möchte ich bald an den Körnern abzählen." Köpper war schon zur Tür hinaus und striegelte die Kuh, bis ihr Fell glänzte. Am nächsten Morgen zerrte er sie aus dem Stall, als es noch stockfinster war und lief mir ihr über zwei Stunden hin zur Stadt. Auf dem Markt stand ein Viehhändler, den er kannte. Der bot ihm gutes Geld und sie wurden schnell handelseinig. Nun sah sich Köpper erst auf dem Platz um. Von einem Bäcker kaufte er sieben Brezeln, obwohl er sich über den sündhaften Preis aufhielt. Die strahlenden Augen der

Kinder, als er ihnen nach seinem Heimkommen am Nachmittag das Backwerk gab, ließ ihn für Stunden den Ärger und die Sorgen vergessen. Obwohl es nicht leicht für ihn war, hielt Köpper in den kommenden Wochen und Monaten das Geld zusammen. Im Frühherbst dann hörte er, dass im Osterland billig Vieh zu haben sei. Er hörte nicht drauf, was die Leute sonst noch redeten, wenn er auf dem Markt seine ersten geernteten Äpfel verkaufte, dass sich an der Pleiße in den Dörfern die Krankheit ausbreitete, die Fremde aus dem Süden eingeschleppt hatten, dass auch aus den Städten keine guten Nachrichten kamen. Köpper winkte ab, als eine Frau sagte, die Leichen seien schwarz, furcherregend anzusehen.

‚Weibergewäsch', sagte er, steckte seine Groschen in die Geldkatze, brachte das Wägelchen mit den leeren Obstkörben zurück auf den Hof.

„Morgen hole ich eine neue Kuh", sagte er zur Frau und frühzeitig schlich er sich vom Lager weg, als die Familie noch schlief. Gut zu Fuß, wie er war, erreichte er, ehe die Sonne unterging, ein Dorf im Wyhratal. Er hatte sich nicht aufgehalten unterwegs, vom mitgenommenen Brot gegessen, aus dem Bach getrunken und höchstens hier und da kurz angebunden nach dem Weg gefragt.

‚Im Freien schlafen will ich nicht', sagte er zu sich selbst und stieg zu einem großen Gehöft hinauf, das neben dem Dorf im Hügeligen lag."

Maria sah auf, ließ den Blick aus der Ferne ins Zimmer zurückkommen. „So große, schöne Höfe - wie kleine Burgen auf einem Hügel - gibt es heute noch dort in der Gegend. Die meisten hat die LPG verkommen lassen, auf dem einen oder anderen hat sich ein

Wiedereinrichter die Renovierung etwas kosten lassen. Mit frischer Farbe leuchten Wohnhaus, Stallung und Scheune ins Land. Viele Gehöfte aber sind verfallen und verlassen auch.

So wird es wohl auch damals gekommen sein. Sebald Köpper fiel das merkwürdige Gebaren der Leute auf, als er um Nachtquartier bat. Mit dem Bauern, seiner Frau, Magd und Knecht saß er dann am Tisch. Brei war genug für alle da. Stockend kam es vom Bauern her: „Die Krankheit ist schon im Dorf. Was soll's? Kinder haben wir nicht. Wir gehen vom Hof in die Fremde. Doch das Vieh. Hier war die Not nicht so groß wie bei euch. Futter war da. Vier Pferde, die laufen. Da kann ich Federvieh auf einen Wagen laden, die Schafe treibt der Knecht. Aber die Kühe. Sie werden mir zu schnell müde ..."

Köpper aß bedächtig den Brei, auf dem reichlich Butter zerlief: „Vielleicht könnte ich Abhilfe schaffen." Er legte seine Geldkatze neben die Breischüssel. Sie wurden handelseinig. Nach einer für alle unruhigen Nacht verließ Sebald Köpper als erster den Hof. Drei Kühe trieb er vor sich her. Die Tiere waren aneinander gebunden. Es ging langsam voran, besonders beim ersten Stück vom Hof weg. Nach drei Tagen war es geschafft. Stolz zeigte er Frau und Kindern seine Erwerbung.

Wenig später legte sich das erste Kind mit den Anzeichen der schrecklichen Krankheit ins Bett und stand nicht wieder auf. Alle fünf Kinder und schließlich auch die Frau nahm die Seuche dem Sebald Köpper. Ihn allein verschonte die Pest. Im Dorf zeigten sie mit Fingern auf ihn: „Er hat uns das Unglück gebracht." Er hielt es nicht aus. Der Nachbar hörte die Kühe blöken.

Als er auf dem Hof nach dem Rechten sah, war Sebald Köpper schon drei Tage weg. Er kam nie wieder ins Dorf zurück."

Maria schwieg. Schließlich sagte sie: „So war das damals."

Ihr Mann sah sie an. „Es war ein Verhängnis. Es ist ein Verhängnis. Was hilft es, so etwas an einem Menschen festzumachen. Der Tierarzt, der Dr. Altendorf, der die schöne Villa hat am Rande der Stadt, soll mir die Seuche in den Stall gebracht haben. Die Leute erzählten, dass es ihn selber erwischt hätte. Seine Frau wollte gern Kinder haben. Aber sie bekam keine, weil sein Blut nicht in Ordnung war."

Wieder lag Stille zwischen den dreien, ehe Mangel sagte: „Mein Weg ist der weiteste. Ich muss wieder los. Und wie geht es bei euch weiter?"

„Es wird nicht weitergehen", kam es vom Sessel her. „Aus der Nachfolgeeinrichtung – wie es so schön von der ehemaligen LPG heißt – bin ich 'raus und habe die Felder verpachtet."

Konrad Mangel schob seinen Stuhl zurück, ging zum Sessel hin und gab dem Bauern die Hand: „Wirf nicht das Handtuch. Du sollst doch noch etwas von der Westrente haben, hast es doch verdient."

Damit lockte er dem Dicken nun doch ein Lächeln aufs Gesicht. An der Tür fragte er die Freundin aus vergangenen Tagen:

„Was wird mit dir?"

Sie sah ihm voll ins Gesicht: „Ich finde immer Arbeit. Ich bin doch nicht dumm, wie du hoffentlich noch weißt."

Er umarmte sie und stieg ins Auto. Sie ging mit festen Schritten ins Haus zurück.

Der Edelmannshof

Hanna Raschke stand an der Tür, weil die Kneipe noch menschenleer, besser männerleer war. Es wurde schon dunkel; denn das gehört zu einem Nachmittag Anfang Februar, besonders, wenn kein Schnee liegt, der das Licht der wenigen Straßenlaternen widerspiegelt. So erkannte sie Bernhard Edelmann nicht auf den ersten Blick, als er seinen Mercedes mit scharfem Bremsen vor ihr zum Stehen brachte und ausstieg. Dann aber fiel sie ihm um den Hals, obwohl er stocksteif vor ihr stand und seine Hände in die Taschen steckte, sie auch dort beließ. Ihren Redeschwall stoppte er mit der Frage: „Hast du ein Zimmer für mich? Ich will erst morgen dort hinübergehen." Er winkte mit dem Kopf nach dem großen Hof am Ende des Platzes, dorthin, wo die Mühlgasse beginnt.

„Für dich habe ich immer ein Bett!" sagte die Wirtin mit gemacht schelmischem Blick. Er ging nicht darauf ein. „Mach mir Bratkartoffeln mit Spiegelei. Ich lass das Auto hier vor der Tür stehen."

Als er das Essen in sich hineinschaufelte, kam der Bamser und setzte sich neben ihn: „Na, altes Haus!" „Du hast mir gerade noch gefehlt", sagte Edelmann. „Immer, wenn ich an dich gedacht habe, lag mir das im Ohr vom 8. Mai 52: Eine feine rote Fahne hast du da aufgezogen auf deinem Wohnhaus! Und ich Dussel stürzte gleich hinaus, hier aus der Kneipe, laufe hinüber und reiße den roten Fetzen herunter. War nur gut, dass damals Berlin noch offen war, obwohl ich gezittert habe vor Angst, als ich in der S-Bahn saß. Wenn du nicht gewesen wärst, hätte ich nicht fortgehen müssen. Du hast mich so in Rage gebracht."

„Also dann Prost, Genosse Brigadier!", sagte Bamser.

„Was soll das heißen?", wollte Edelmann wissen.

„Wenn du hier geblieben wärst, hätten sie dich zum LPG-Brigadier gemacht, nachdem sie dir vorher dein Gelumpe bei dem großen Schritt in die sozialistische Landwirtschaft abgenommen hätten."

„Na ja", sagte Edelmann. „Und was ist jetzt drüben auf dem Hof los?"

„Die Münschelwitzens, die deine Mutter gleich nach 45 hereingenommen hatte, sind nun alt, schon lange in Rente. Frau Münschelwitz hat sich um deine Mutter gekümmert, als die dann in eurem Auszugshaus am Krautgarten wohnte, wie du weißt. Das Häuschen hatten sie ihr ja gelassen bei der Enteignung eures Hofes. Nun pflegt die Frau ihren Mann. Der hatte einen Schlaganfall. Und Prischka – das ist jetzt der Sohn – hat seine Mutter in ein christliches Altersheim in die Stadt gebracht. Der Vater Prischka ist schon über 10 Jahre tot."

„Roland Prischka war gerade aus den Windeln raus, als ich fort musste", sagte Edelmann.

„Jetzt ist er ein Mann von über vierzig. Sein Junge ist 18, das Mädchen 17. Die Frau arbeitet nach wie vor im Stall. Was aus der LPG wird, weiß keiner. Roland macht Pflanzenproduktion. Der hat in Meißen studiert."

„Hol ihn rüber! Aber halt, warte noch bis es acht ist. So zeitig wird der nicht fort können wie du Saufkopp. Eins interessiert mich sofort. Was ist aus unserem ehemaligen Knecht geworden, der mir damals die rote Fahne zum obersten Fenster herausgehangen hat?"

„Der! Der sitzt in der SED-Kreisleitung in der Stadt",

lachte der Bamser. „Oder besser: der saß. Was aus denen nun geworden ist, weiß ich nicht. Vielleicht hat er sich gewendet. Aber wohin?"

„Na Prost!" Edelmann bestellte neues Bier und Korn für sich und den Bamser bei Hanna Raschke.

Der Bamser erzählte, wie Bernhard Edelmann ihm schon immer imponiert habe, wenn er, der Ältere – „fünf Jahre machten damals viel aus" – beim Jungvolk als Fähnleinführer das Geländespiel leitete. Und dann erst, als er kurz vor Kriegsende in Leutnantsuniform auftauchte mit dem Eisernen Kreuz vorn dran.

„Du warst doch beim Ami in Gefangenschaft?" Als Edelmann das bestätigte, sagte er: „Da hast du eigentlich Glück gehabt, dass dich die Russen nicht hopp genommen haben, als du so bald wieder zu Hause gewesen bist. Das hätte ja die Sowjets nicht gekümmert, dass deine Mutter dich auf dem Hof notwendig brauchte, als der Franzose und die beiden Polen weg waren, mit denen sie nach dem Tod deines Vaters im Frankreichfeldzug gewirtschaftet hat. Der Franzose hat ja späterhin mit ihr nicht nur die Arbeit geteilt."

„Schandmaul!", fuhr Edelmann auf. „Die Russen hätten mich schon geholt, wenn ich unter der Achsel nicht sauber gewesen wäre. Anders als dein großer Bruder, der SS-Unterscharführer, dem eure Mutter die Blutgruppe mit dem Rasiermesser weggeschnitten hat. Selbst das hätte ihm sicher nichts genützt, wenn er nicht bei eurer Tante in Vorpommern untergekommen wäre, der spätere Herr LPG-Vorsitzende, dort bei den Fischköppen. Ein Pionier beim Aufbau der sozialistischen Landwirtschaft."

44

Erst einmal war nun Ruhe. Sie tranken noch ein Bier und einen Klaren, bis der Bamser ging, um Prischka zu holen und auch Wetzel, den alten Lehrer, den Bernhard Edelmann wiedersehen wollte.

Plötzlich stand Prischka in der Tür mit einem Gesicht, das war zu. Bernhard Edelmann stand auf und gab ihm die Hand.

„Aus Kindern werden Leute. Als ich wegging, waren Sie ein kleines Kind."

„Das ist tatsächlich eine Weile her." Prischka setzte sich und winkte zur Theke hin. Hanna brachte ein Bier.

„Und wie soll es nun weitergehen?" Das kam harsch heraus. Edelmann sah ihn nachdenklich an. „Ich käme gern zurück. Aber meine Frau macht nicht mit. Sie will in der Nähe der Tochter und der Enkel bleiben. Die Tochter hat in Walsrode ein Haus."

Prischkas Ton war immer noch aggressiv: „Meine Eltern waren Flüchtlinge aus Schlesien. Dort im Kreis Mielitsch hatten wir auch ein großes schönes Gut. Sie wissen doch, wie die Pferde aussahen, mit denen der Vater hier ankam. Wir brauchten uns nicht zu verstecken, hat der Vater mir immer wieder versichert. Nun ist hier meine Heimat. Die LPG hat nichts am Hof gemacht. Ich habe das schöne Tor erhalten und das Fachwerk gepflegt. Ich habe das gemacht."

„Bestreitet keiner", beschwichtigte Bernhard Edelmann. „Aber in Ruhe darüber reden müssen wir. Jetzt trinken wir erst einmal ein Bier miteinander." Die Tür ging wieder auf. Der Bamser stellte den Fuß dazwischen, damit sie offen blieb. Mit etwas wackligen Schritten kam der alte Kantor Wetzel herein, blieb unsicher mitten im Raum stehen, um seine beschlagene Brille zu putzen. Edelmann war sofort aufgestanden, sagte, welche Freude es ihm sei, seinen alten Lehrer wiederzusehen und setzte sich mit ihm auf die bequeme Bank hinter dem Stammtisch.

Der Kantor sah beide an, Edelmann, der – wie er bei sich selbst feststellte – aus den früheren Zeiten kam und Prischka, der ihm nahe war aus all dem gerade Vergangenem her. Er sah sie lange an. Nachdenklich sagte er: „Ich will euch eine uralte Geschichte erzählen."

Bernhard Edelmann war immer auf Geschichten aus, wie sie vom Oberlehrer Wetzel schon damals in der Schule erzählt wurden, Geschichten, die sich zur Geschichte zusammenfügten. In Geschichte hatte Edelmann eine Eins gehalten. Prischka hörte widerwillig zu.

„Man könnte anfangen: Es war einmal, weil es weit über fünfhundert Jahre her ist." Er nahm vorsichtig einen Schluck Bier.

„Wir wissen von ihm aus alten Urkunden, vom Ritter Streitarm. Wie er dazu gekommen ist, den Hof zu besitzen, lässt sich nicht mehr ermitteln. Unbestritten ist aber, dass er auf dem Hof saß, er, als Ritter, in einem Dorf freier Bauern, die dem Bischof zinspflichtig waren. Es kann ihn eigentlich nur der Bischof mit diesem Besitz begabt haben.

Er saß, sage ich, und saß doch nicht, weil er – gut sächsisch ausgedrückt – Hummeln im Hintern hatte. Es hielt ihn nicht im Dorf. In jedem Frühjahr ritt er aus und überließ die Wirtschaft dem Großknecht, der nicht eben der Hellste war. Von ihm, dem Großknecht, hieß es, er habe zweimal gerufen, als Gott den Verstand verteilte, sei aber dennoch leer ausgegangen.

Gegen die Hussiten ritt Streitarm mit dem großen deutschen Heer ins Böhmische, wo sie bei Aussig gründlich aufs Haupt geschlagen wurden. Usti nad Labem heißt die Stadt heute, aber die Vertriebenen, die von ‚drinne raus‘, wie wir in unserem Landstrich sagen, reden nur von Aussig.

Dort hat Streitarm eins abgekriegt. Seitdem lahmte er. Wenn er zu Pferde saß, spielte das keine Rolle. Aber angeschlagen war er schon. Als die Hussiten hierher kamen, war er wieder nicht daheim. Was er damals im Norden wollte, weiß ich nicht. Vielleicht, dass er sich im Krieg verdingte, den die Hanse gegen die Dänen und Niederländer führte. Oder war er wieder bei seinem Gönner, dem Hohenzollern Friedrich? Kurz, er war unterwegs und hätte hier auch keine Heldentaten vollbringen können. Prokop war mit 8000 Mann ins Land eingefallen, hatte Altmügeln mit seiner Wallfahrtskirche total ausgeraubt, Oschatz niedergebrannt. Abgefackelte Dörfer markierten den Weg, den die Hussiten zogen. Schrecklich wüteten sie in Schönstädt. Am Ortseingang hatte sich der Kaplan, den der Bischof aus Wurzen dorthin abgeordnet hatte, mit der Monstranz aufgestellt. Fast alle Familien aus dem Dorf standen um ihn herum, die Kinder in der vorderen Reihe. Hohnlachend ritten die Hussiten auf sie zu, machten den Priester als ersten nieder, verschonten dann nach den Männern weder Frauen noch Kinder. Anselm Schober, der am anderen Ende des Dorfes wohnte, sah die Gräuel versteckt hinter seinem Torpfeiler und floh mit seinen Leuten neben der Scheune aus dem Hof hinaus. Sie kamen über die Felder bis in den Wald, ohne von den Eindringlingen bemerkt zu werden. Die waren mit dem Ausrauben und

Niederbrennen der Gehöfte beschäftigt. Das taten sie so gründlich, dass die Mark Schönstädt Jahrzehnte wüst lag und die Fluren schließlich von den Nachbardörfern in Besitz genommen wurden. Weithin holte sich der Wald das Land zurück. Der gehörte dann zum Rittergut in Dornbach.

Und hier im Dorf? Hier passierte nichts. Das erreichte eine alte Frau, die Else Mieselwitz, die bei den Schierbitzens in der Mühlgasse zu Besuch war, Verwandtschaft aus der Lausitz. Manche dort am Ende des Dorfes verstanden noch Wendisch. Ausdrücke aus dieser Sprache haben sich bis heute erhalten. Für Else Mieselwitz war Wendisch die Muttersprache vor dem Deutschen. Sie hatte in ihrer Heimat auch oft mit Tschechen gesprochen, denn die Lausitzer gehörten damals zu Böhmen.

Als der Pulk kam, stand sie auch am Dorfeingang, nicht mit der Monstranz, sondern mit dem Kelch, den sie sich aus der Kirche geholt hatte. Der Priester war längst in die Stadt geflohen. Den Kelch hielt sie mit beiden Händen über ihrem Kopf. Die Reiter zügelten die Pferde aus dem Galopp heraus, dass der Staub in Wolken aufwirbelte und die ersten stiegen ab, knieten nieder. Was die Frau dann sagte, verstand von den drei alten Männern, die mit ihr gegangen waren, keiner. Sie drehte sich schließlich um und ging vor dem Trupp her bis auf den Marktplatz dort draußen." Der Kantor zeigte zum Fenster hinaus. „Aus den Gehöften ringsum wurden schnell Tische zusammengetragen und Hocker dazu. Die Taboriten banden ihre Pferde in Reichweite an eingeschlagene Pfähle, setzten sich und feierten das Abendmahl mit Brot, das die Sorbin holte und unserem Kelch, den die Frau späterhin unversehrt in die Kirche zurückbrachte. Bei dem Fässchen Wein, das die Reiter für das Abendmahl angestochen hatten, blieben sie sitzen. Dazu brachte ihnen die Wendische noch viel Brot, Schinken und Wurst aus den umliegenden Höfen. Manche Bäuerin gab nur unwillig ihre Vorräte her. Ganz ruhig fragte dann die fremde Frau: ‚Willst du unter einem Reiter zu liegen kommen?' Und setzte dazu: ‚Ich will es nicht!' Die Rechnung ging auf. Für die Dorfbewohner, die scheu aus ihren Toren heraus die Reiter betrachteten, hatten die Hussiten keinen Blick. Von der Frau, die mit ihnen kommuniziert hatte, verabschiedeten sie sich in jener fremden Sprache und verließen am späten Nachmittag den Ort.

So blieb das Dorf vor anderen unzerstört. Ich sage vor anderen, denn nur zwei Stunden später färbte sich der Himmel im Westen rot. Stauch wurde dem Erdboden gleichgemacht. Die Hussiten hatten dort einen Schatz gesucht und nicht gefunden. Wer weiß, wer sie auf die falsche Spur gelockt hatte, um das eigene Dorf zu retten. Bis heute heißt der Hügel hinter dem Stauchaer Garten – jenem Gestrüpphölzchen nicht weit von der Staatsstraße – der Schatzberg. Aus unserem Dorf waren nur wenige geflohen. Allerdings war euer Hof", der Kantor sah Edelmann und Prischka nacheinander an, „euer Hof war fast menschenleer. Der Großknecht und das andere Gesinde hatten nicht eingesehen, dass sie für das Eigentum des herumzigeunernden Streitarm ihr Leben riskieren sollten. Sie kamen auch nicht wieder, sondern blieben in der Stadt. Nur die alte Jule hatte das alles nicht richtig mitbekommen in ihrer Schwerhörigkeit. Sie stand hilflos im Tor, als am Morgen nach dem Überfall die Schobers aus Schönstädt in das Gehöft kamen. Die Bauern der benachbarten Dörfer kannten sich. So hatte einer aus unserem Dorf den Flüchtigen, die nach einer schrecklichen Nacht im Holz, verfroren und ausgehungert, nicht auf die rauchenden Trümmer ihres Eigentums in Schönstädt zurück wollten, den Hinweis gegeben, dass Streitarms Gedinge praktisch verwaist sei. Jule holte sie großspurig ins Haus, kochte ihnen eine Mehlsuppe, die sie gierig aßen und zeigte ihnen die leeren Gesindestuben: ‚Hier könnt ihr bleiben!‘ ‚Arbeit ist genug da‘, stellte Schober, der um die vierzig Jahre alt war, fest. ‚Es kann uns nur besser gehen.‘ Sie besaßen nur noch, was sie am Leibe hatten. Sie blieben, der Mann, die Frau und die halbwüchsigen Kinder, zwei Söhne und drei Töchter.

Eines Tages aber ritt ein hagerer Mann mit einem Stoppelbart auf einem abgetriebenen Pferd in den Hof ein und kletterte an der Wohnhaustür mühsam von dem Gaul herunter. Es war der Ritter Streitarm. Er machte kein Aufhebens von seinem späten Kommen, erzählte auch nicht, wo er sich zuletzt herumgetrieben hatte, ließ sich die heiße Fleischbrühe schmecken, die ihm die Bäuerin in einem mächtigen Tontopf servierte und blieb am Küchentisch sitzen.

Auch als Schober am Abend mit den beiden Söhnen vom Feld hereinkam, ließ er keine Gemütsbewegung merken. Der Bauer setzte sich neben ihn. Nun brockten beide Brot in die Fleischsuppe und Schober erzählte, wie das war, als die Hussiten kamen.

Bei näherem Zusehen zeigte sich, dass der Ritter Streitarm ein Mann mit vielen Gebrechen geworden war. Es fand sich mit Schober ein Auskommen, das auch die bischöfliche Kanzlei gut heißen konnte.“

„Na ja", sagte Prischka, als der Kantor mit seiner Erzählung zum Ende gekommen war. „Jeder von uns weiß natürlich, was sie, Herr Wetzel, uns mit der alten Geschichte klar machen wollten. Die Schwierigkeit dabei ist nur, dass wir heute keinen Lehnsherrn in Wurzen sitzen haben, sondern ein Amtsgericht und aus dem Westen importierte Anwälte. Und Bernhard Edelmann, wie er hier so vor uns sitzt mit seinem Mercedes vor der Tür, ist auch kein kreuzlahmer Ritter."

Alle lachten. Edelmann fasste sich als erster:

„Das stimmt. Klar ist auch, dass ich vielleicht zurückkäme, aber meine Frau will nicht. Das ist ihr unerschütterlicher Wille. Und ohne Weib ist es ein Sauleben. Diesen Bismarckspruch haben sie uns einmal verraten, Herr Kantor, allerdings mit dem betonten Zusatz, wir sollten den Satz sofort wieder vergessen. Wie ihre Notbremse gewirkt hat, merken sie jetzt."

Kantor Wetzel schmunzelte.

„Klar ist auch, dass ich den Hof zurückbekommen werde, weil der Schlamassel in den fünfziger Jahren passiert ist und nicht mehr unter der sowjetischen Militärregierung. Ich sehe keinen anderen Weg, als dass ich sie, Herr Prischka, bitte, auf dem Hof als Wiedereinrichter zu wirtschaften. Das Eigentumsland ist natürlich für heutige Verhältnisse zu wenig. Wir werden zupachten müssen. Ich habe da brieflich schon ein paar Verbindungen geknüpft oder besser aufgefrischt."

Nun wandte er sich direkt an Prischka. „Könnten Sie sich die Sache so vorstellen?"

Hans Prischka sah ihn voll an: „Das könnte ich!"

Bernhard Edelmann sah in die Runde: „Ihr habt es

gehört, Leute, darauf trinken wir noch einen. Alles weitere müssen wir sowieso den importierten Anwälten überlassen."

Das Schusterhaus

Bernhard Edelmann hatte schon die zweite Nacht in
einem der drei Gastzimmer über Raschke Hannas
verwinkeltem Kneipenraum geschlafen. „War eine
unruhige Nacht", brummte er, als er sich an den
Stammtisch setzte, auf dem Hanna das Frühstück
hergerichtete hatte. „Alle Zimmer nach vorn raus zur
Straße und keine Dusche."

„Guten Morgen erst einmal!" Die Wirtin schenkte ihm
Kaffe ein. „Hier ist frische Milch. Du willst ihn immer
schön weiß haben. Wenn wir lange genug Westen sind
und gutes Geld verdient haben, bekommt der Herr ein
Zimmer mit Bad."

„Das Ei ist gerade richtig. So weich esse ich es gern",
ließ sich Edelmann versöhnlich hören. Er kaute mit
vollen Backen: „Was ist eigentlich mit dem
Schusterhaus?"

„Davon abgesehen, dass du mit vollem Mund schon
deutlicher gesprochen hast: Du meinst nicht das Haus,
das jetzt schlimm aussieht, sondern seine Bewohner."

„Hm", brummte Edelmann, „war ja bei uns über die
Straße."

„Und du bist oft hinüber gegangen. So viel älter als du
war Erika nicht, obwohl sie damals schon mit Hans
Hütter verheiratet war. Vielleicht hat sie dir manches
beigebracht."

Bernhard Edelmann befand, dass es das Beste sei, die
Anzüglichkeit des letzten Satzes nicht zur Kenntnis zu
nehmen.

„Wir saßen viel zusammen und hatten dabei ihre

Kunstbücher vor uns liegen. Sie zeichnete und malte gut, meine ich, besuchte Kurse in der Stadt. Ansonsten waren sie und ihre Mutter mit dem Flaschenhandel voll ausgelastet, auch als es dann nur Limonade und Dünnbier gab. Einmal hat sie erzählt, wie sie ihren Mann kennen gelernt hat, in Oschatz im Café Zierold. Gibt es diesen legendären Schwofschuppen noch?" Hanna winkte ab: „Kannst du jetzt vergessen. Auch heruntergewirtschaftet."

„Hans Hütter hatte im Frühjahr 1939 zuerst vor Franco in Madrid und dann vor Hitler und dem dicken Göring paradiert. Nun lag er als frischgebackener Feldwebel mit seinem Geschwader in Oschatz. Die Legion Condor gehört in eine wenig ruhmreiche Geschichte. Ich sah das natürlich damals anders. Für mich war Hans Hütter ein Kriegsheld. An jenem Abend nahm der Cousin von Erika, der in der Mark Schönstädt den Kohlehandel betrieb, sie und zwei Freundinnen mit zum Tanz ins Zierold.

Der Cousin besaß neben seinem klapprigen Lastwagen noch einen Opel, so eine viereckige Kiste. Im Café wimmelte es von den blauen Rittern der Luft. Die Tanzfläche war viel zu eng. Die Tuchfühlung, wie man damals in Anlehnung an den militärischen Jargon sich ausdrückte, war zwischen Erika und Hans Hütter bald hergestellt. Sie sagte zu mir: ‚Ich merkte gleich, dass er ein richtiger Mann ist.' Als mir das Erika erzählte, fragte ich natürlich: ‚Was oder wer ist das: ein richtiger Mann?' Erika meinte: ‚Na ja. Du wirst es noch selber merken.' Im Herbst 1939, nach dem Polenfeldzug, haben sie geheiratet, wie du weißt."

Hanna nickte.

„Der Pfarrer Hase war auch auf Urlaub. Im Jahr darauf ist er in Frankreich, wo er 1918 davongekommen war, als Kompanieführer gefallen. Hans Hütter erwischte es vor Stalingrad. Eine JU 52 'runterholen, das konnten auch die Russen." Er schob den Teller zurück. „Was war dann mit Erika, nachdem ich in den Westen verblühen musste?"

„Nach dem Krieg arbeitete sie als Schneiderin in Leipzig. Du hast erlebt, wie man sie nur an den Wochenenden zu Gesicht bekam, wenn sie ihre Mutter besuchte, als die noch lebte."

„Weiß ich", sagte Edelmann, „aber plötzlich ist sie doch mit einem Kerl aufgetaucht, mit dem sie nach dem Tod ihrer Mutter zusammen hauste. Das hat mir meine Mutter geschrieben. Was war da?"

„Sei nicht so ungeduldig! Geändert hast du dich nicht mit deinem ‚Schnell, schnell!' Sie fuhr also nicht mehr in die Stadt, sondern beschaffte sich einen Gewerbeschein und schneiderte hier im Dorf. Sie war beliebt und konnte etwas. Aus alten Klamotten, die manche Leute noch von vor dem Krieg her hatten, machte sie schicke Sachen. Alle Hände voll zu tun hatte sie. Von dem Mann, den sie in der Stadt aufgegabelt hatte, sah man nicht viel. Am ehesten bekamen ihn die Bauern zu Gesicht, die früh ins Futter fuhren. Er kam mit einem Fahrrad daher, das einen zweirädrigen Anhänger hatte. Darauf lag seine Staffelei, wie das Ding wohl heißt. Er fuhr in den Forst und malte dort am Waldrand. Wer in die Pilze ging, konnte ihm über die Schulter gucken. Hübsche Bilder, manchmal sehr grell in den Farben. Einmal hat er sie im Gasthof ausgestellt. Da bin ich drüben gewesen.

Bei seiner Malerei muss er den Pastor getroffen haben, den Dr. Brauskopf, diesen merkwürdigen Junggesellen. Der suchte oft zu nachtschlafender Zeit Pilze. Außerdem malte auch er, Sonnenaufgänge und so. Es hieß dann, dass sie abends oft zusammen hockten, bei Erika oder in der Pfarre. Eines Abends kamen die drei hierher in die Kneipe. Erika sagte: ‚Wir haben Bierdurst.‘ Dann seufzte sie: ‚Früher hatten wir das selbst.‘ Ich habe dann ein wenig in ihrer Nähe gestanden."

„Wie du das so machst, du neugieriges Aas", lachte Edelmann.

„Aber hören willst du es doch! Also. Der Maler war Kommunist, einer von der alten Sorte. Er war auch in Spanien dabei gewesen, aber anders als Erikas Erster, auf der Verliererseite. Es war ihm nicht gut gegangen in den Schützengräben vor Madrid. Auch danach nicht in den Lagern mit Endstation KZ. Aber er war übrig geblieben, nun wieder anders als Erikas Erster. Der liegt irgendwo in der Steppe zwischen Don und Wolga. Ich rede immer von Erikas Erstem und dem Zweiten. Den hat sie natürlich nicht geheiratet. Sie schliefen nur miteinander. Der Pastor sah zu, obwohl es damals mit solchen Sachen noch anders war als heutzutage. Ich sage das so, dass der Pfarrer zusah, weil er offenbar nicht nur Erika, sondern auch den Maler mochte. Der Kommunismus von dem störte ihn offensichtlich nicht. Der Brauskopf war selbst ein verrücktes Huhn und beide verstanden etwas vom Malen. Das merkte ich bei ihrer Unterhaltung. Es ging da um Picasso, den Spinner. In Dresden hatten sie ein Bild von ihm ausgestellt. Ich war dort, weil es hieß, dass es in Dresden im HO-Kaufhaus Biergläser gäbe. Die brauchte ich dringend. Bei der Gelegenheit bin ich mit hinauf auf die Brühlsche Terrasse in die Gemäldegalerie. Also, ich habe meine Nase lieber dort im Gesicht, wo sie hingehört, anders als die Damen des Herrn Picasso. Ganz schöne Schweinerein hat er auch gezeichnet."

Edelmann lachte wieder: „Die haben dich dann doch interessiert."

„Na ja, zurück zum Maler. Er hat dann das alte Bild in der Kirche restauriert. Den Christophorus hat er unter etlichen Farbschichten, die man in fünf Jahrhunderten draufgepinselt hatte, hervorgeholt. Weil die Beine nicht mehr vorhanden waren – da hatten sie wohl früher einmal den gesamten Putz erneuert – malte der Kommunist dem Heiligen zwei neue dran. Mehr durfte er nicht. Die Wissenschaftler waren dagegen. Er malte noch ein Bild, sozusagen von sich aus. Als es Pfarrer Dr. Brauskopf in der Kirche aufhängte, sagten viele aus dem Dorf, dass sich so ein Bild fürs Gotteshaus nicht schickt. Der neue Pastor hat es abgenommen und in der Pfarre auf den Flur gehängt."

„Was ist denn drauf auf dem Bild?", fragte Edelmann.

„So eine Art Elephant. Ein bisschen verschmiert hat er das alles gemalt mit Gutshäusern im Hintergrund, die sind schief und bucklig. Aber das Christkind kann man ganz gut erkennen."

„Das Christkind?", kam es ungläubig von Edelmann.

„Ja, das Christkind. Es reitet auf dem Elephanten. Hat auch noch keiner gehört, dass das Christkind auf einem Elephanten reitet! Einen Esel hätte ich mir gefallen lassen! Das ist noch nicht alles. Hast du so viel Zeit?"

„Heute habe ich Zeit", sagte Bernhard Edelmann.

„Als der Maler mit der Restaurierung des Christopherus zum Ende gekommen war, feierten die drei, der Maler, der Pastor und Erika, hier in der Kneipe. Seit dem ersten Besuch, von dem ich dir erzählt habe, waren sie öfter auf ein Bier zu mir gekommen. An dem Abend sagte der Maler: ‚Heute machen wir einen drauf. Hanna, bring Wein. In Strömen soll er fließen.‘ Ich hatte vielleicht schon fünf Jahre in einer Kellerecke etliche Flaschen guten rumänischen Roten liegen. Hatte mir einmal ein HO-Mensch als einen Sonderposten für Weinkenner empfohlen. War aber kein Weinkenner bei mir vorbeigekommen. Nur Bier und Schnaps. Das kennst du ja. ‚Strammen Max‘ für alle wollte der Maler noch. Machte ich fertig, während der Pastor ausschenkte. Was so aus dem Dorf noch herumsaß – ein halbes Dutzend Männer, weil Montag war – holten die drei mit an den Stammtisch.“

„Kommt jetzt noch etwas außer deinen gastronomischen Ergüssen?“, fragte Edelmann.

„Du hast gesagt, dass du Zeit hast. Ich habe dich schließlich gefragt. Aber auf die Folter spannen will ich dich auch nicht. Pfarrer Brauskopf erzählte plötzlich von einem Maler, der vor Jahrhunderten den Christophorus gemalt hätte. Da hatte er noch keinen in der Krone wie nach zwei in der Nacht, als sie alle endlich heimgingen. Der Maler damals stand eines Abends beim Leutpriester oder Plebanus, einem katholischen Vorgänger von Dr. Brauskopf, vor der halbverfallenen Hütte, die von den ersten Deutschen am Ort neben der Kirche als Pfarrhaus erbaut worden war. Die Bitte um Nachtquartier konnte dem bejahrten Mann der Priester nicht abschlagen, ahnte allerdings nicht, dass aus der einen Nacht viele werden würden, denn eine starke Erkältung hinderte den Gast am Weiterwandern. Am nächsten Morgen war er so schwach, dass ihm der Pfarrer in einer irdenen Schüssel Waschwasser ans Bett brachte. Dabei sah er die Narben auf dem Rücken. Es war der seltsame Heilige ein Flagellant, einer von denen, die noch vereinzelt im Thüringschen umherzogen. Weißt du, was das für einer ist, ein Flagellant?"

„Ja, das sind Leute, die sich geißeln. Sie meinten, dass sie das von Paulus lernen könnten, der im ersten Korintherbrief schrieb, er hätte seinen Leib betäubt. War auch zu anderen Zeiten noch im Schwange, dass Christen sich peitschten. Aber die eigentlichen Flagellanten kamen auf, als um 1350 herum die Pest schrecklich um sich griff. Es rotteten sich viele Menschen zusammen, die von dem haltlosen Sterben um sich her verängstigt und erschüttert waren und zogen als Geißler durchs Land."

„Mensch, bist du gebildet. Ich habe das schon immer gesagt: Bernhard ist nicht dumm. Du hast da gefehlt, als Brauskopf erzählte. Zu den richtigen Flagellanten gehörte der Maler, der hier im Ort beim Leutpriester hängen blieb. Er war ein Übriggebliebener, der von den alten Zeiten schwärmte, als in Erfurt Scharen von Geißlern durch die Gassen zogen. Erfurt hatte damals sicher mehr zu bieten, als die Gartenschau, die zu DDR-Zeiten Ziel von Betriebsausflügen war. Wenn man sich nur ansieht, was an Kirchen noch da ist. Ihm, dem Maler, war dort offensichtlich der Boden zu heiß geworden, weil man den Geißlern nicht mehr wohlgesonnen war. Ihre Zeit war vorbei. Hier im Dorf fand der Mann seine Ruhe. Im Zwiegespräch mit dem Priester verblasste für ihn der glühende Horizont. Das klingt merkwürdig. Aber so ähnlich drückte sich Pfarrer Brauskopf aus. Es schob sich ihm ein Heiliger ins Blickfeld, der sich viel auf dieser Erde zu schaffen machte. Viele Leute meinen bis heute, dass es gut ist, mit diesem Christophorus unterwegs zu sein. Manche baumeln sich so eine Figur ins Auto. Du mit deiner hochgestochenen Bildung weißt sicher, was mit dem Heiligen los ist!"

Edelmann schmunzelte: „Nun einmal nicht. Es gibt immer wieder Bildungslücken."

„Ich halte nicht viel von Heiligen. Da kenne ich die Männer zu gut", sagte sie.

Bernhard Edelmann lächelte. „Aber vielleicht war es vor so langer Zeit anders als heute. Dieser Christophorus hieß erst Reprobus oder so ähnlich, war ein Kraftprotz und wollte dem Mächtigsten dienen. Mit dem Markgrafen fing er an und landete über König und Kaiser schließlich beim Teufel. Als er mit dem an einen Kreuzweg kam, wo ein Kruzifix aufgerichtet war, merkte er, dass auch der Teufel, der umkehren musste, die Grenze seiner Macht erreicht hatte. Folgerichtig hat der starke Mann auch dem Teufel den Dienst gekündigt. Er ließ sich in einer Hütte am Fluss nieder und trug die Reisenden durch das Wasser ans andere Ufer. Wird wohl eine Furt gewesen sein, aber man kann sicher sagen, dass der grobschlächtige Mann nun mit friedlicher Arbeit ausgelastet war. Einmal – das ist eben so wie im Märchen mit seinem ‚es war einmal' – also: Einmal rief ein Kind vom anderen Ufer: ‚Hol über.' Er nahm das nicht ganz für voll. Der Pastor Brauskopf, der Witzbold, meinte, als er davon erzählte, dass er vielleicht gerade Mittagsruhe gehalten habe. Brauskopf schloss hier von sich auf andere. Jedenfalls machte sich der Riese auf den Weg, nimmt den Stock nur so beiläufig mit und lädt sich das Kind auf die Schulter. Seinen Knüppel hatte er dann bitter nötig, denn mitten im Fluss wurde das Kind so schwer, dass er meinte, er würde es nicht bis zum anderen Ufer schaffen. Das Kind – es war das Christkind, wie du in unserer Kirche sehen kannst - hat sich ihm am Ufer erklärt. Es hat davon gesprochen, dass er sich nicht zu wundern braucht, wenn ihm der Schweiß auf der Stirn steht und die Knie zittern, weil er die Last der ganzen Welt getragen hat. Deshalb hat der kleine Christus auf den Bildern die Weltkugel in der Hand. Ich frage mich immer, warum dann in den Schulbüchern steht, dass die Leute im Mittelalter die Erde für eine Scheibe gehalten haben. Ausgerechnet in der Kirche, die laut Lenin die Leute verdummt, hat einer hier auf dem Dorf es so anders gemalt."

„Das ist der Mensch in seinen Widersprüchen", sagte Edelmann.

„Du mit deinen Weisheiten. Jedenfalls hieß der ehemalige Militarist späterhin Christophorus, also Christusträger. Er war ein Hinüberbringer unter den Menschen. Ich denke, dass ich mich gut erinnern kann, wenn es auch eine Weile her ist. Er meinte, der alte Maler hätte zuerst das himmlische Jerusalem malen wollen. Das hätte vielleicht in den Altarraum gepasst, unter den Christus in der Mandorla, der nicht von ihm stammt, sondern von einem Künstler, der eine Generation früher ins Dorf kam. Er hat sich aber offensichtlich plötzlich entschlossen, die große Wandfläche im Schiff, also dort, wo die Leute damals schon saßen oder standen, für sein Gemälde zu nutzen. Übergroß hat er den Heiligen gemalt, der mit uns

Menschen unterwegs ist." Nachdenklich setzte sie hinzu: „Solange wir eben hier auf der Erde unterwegs sind ...

Der alte Maler ist nach getaner Arbeit doch weitergezogen. Er liegt nicht bei uns auf dem Friedhof. Aber ein anderer wurde hier begraben. Erikas Zweiter."

„Wie ging das zu?", fragte Bernhard Edelmann.

„Es fiel mir an dem Abend, als die drei die Christophorusrestaurierung feierten, schon sein Husten auf. Der klang nicht gut. Es hieß dann im Dorf, dass er viel liegen muss. Er wollte in keine Heilstätte. Oder war er weg und kam bald wieder? Ich weiß das nicht mehr genau. In der Zeit hat er das Christkind auf den Elephanten gemalt. Vielleicht war er da schon halb weggetreten. Ein Christkind auf dem Elephanten?!"

„Ist ja gut. Reg dich nicht wieder auf. Ich werde mir das Bild anschauen. Du hast mich neugierig gemacht. Wie ging es mit dem Maler weiter?"

„Er starb in Erikas Armen. Sie holte Pfarrer Brauskopf dazu, als sie merkte, dass es zu Ende ging. Brauskopf gab ihm schmerzstillende Mittel. In der Medizin hätte er auch Staub gewischt, versicherte er gelegentlich. Sein Doktor kam aber nicht aus dieser Ecke. Den hat er mit verstaubten Urkunden gemacht. Unser Arzt hier im Dorf schätzte es gar nicht, wenn ihm ins Handwerk gepfuscht wurde. Er stand mit Brauskopf auf freundschaftlichem Kriegsfuß; denn eigentlich mochten sich die beiden. Wie der Maler beerdigt wurde, war das ganze Dorf zu Gange, fast alle aus Neugier." „Du auch?"

„Selbstverständlich. Bei mir war der Maler Gast. Das ist etwas anderes. In der Kirche ging's nicht. Es war alles am Grab. Erika hatte die Sargträger aus der Stadt kommen lassen, zu denen zwei Männer hinzu traten mit Abzeichen von den Verfolgten des Nazismus. Wie Abschied genommen wurde, grüßten sie den Sarg mit der erhobenen Faust. Das waren Spanienkameraden von ihm, alte Kommunisten. Vom Kreisrat war auch jemand gekommen, hielt sich aber zurück, weil der Pfarrer die Rede hielt, im schwarzen Anzug, ohne Talar. Glocken läuteten nicht. Wir merkten alle, wie es den Pfarrer mitnahm. Deshalb gab es im Dorf kein schlechtes Gerede. Aber mit dem Kreisratsvorsitzenden einerseits und dem Superintendenten andererseits soll sich Dr. Brauskopf in den Haaren gehabt haben. Genaues weiß man nicht. Brauskopf ging kurz darauf an eine Kirche in Berlin."

„Und Erika?" „Erika verkaufte das Haus an den Lumpen, der alles verkommen ließ und gleich nach dem Mauerfall nach dem Westen ging." „War der Maler ihre große Liebe, dass sie so schnell wegging?" „Vielleicht auch. Es wird außerdem erzählt, dass sie kurz nach der Beerdigung wieder bei der Wahrsagerin war, wie schon früher oft. Die Frau soll ihr erzählt haben, dass auf dem Haus ein Fluch liegt, weil sich der Vorbesitzer, von dem ihre Mutter das Anwesen kaufte, im Holz erhängt hat. Erinnerst du dich noch an ihn? Wir waren kleine Kinder, aber die großen verspotteten ihn auf der Straße. ‚Schuster, Schuster, trink viel Bier. Trocken ist die Kehle dir', riefen sie ihm nach. Es war schlimm. Im ersten Krieg war er verschüttet und deshalb sicher so seltsam linkisch geworden." „Wo ist Erika jetzt?" „Das würdest du wohl gern wissen? Ich kann es dir aber nicht sagen. Sie zog in die Stadt."

Die Pfarre

Nach dem Klassentreffen stand Carl-Friedrich Hase vor Roland Eckelt, seinem Schulfreund. „Ich will den Pfarrer besuchen, das Haus von innen besehen, in dem ich schließlich meine Kindheit verbracht habe." Er zeigte in Richtung von Kirche und Pfarrhof. „Nur eine Frage: Kann ich den Pfarrer unangemeldet überfallen?"

„Der Mann ist unkompliziert. Lass dein Auto hier vorm Haus stehen und lauf hinüber."

Das Tor zum Pfarrhof stand offen. Steinplatten, vor langer Zeit unregelmäßig verlegt, zeigten den Weg zur Haustür, die sich schwer in den Angeln drehte. „Hier fehlt wieder Öl wie früher", murmelte er und klingelte. Pfarrer Schrödinger öffnete und Dr. Hase stellte sich vor.

„Sozusagen Pfarrhausurgestein aus unserem Dorf. Ich habe von Ihnen gehört", sagte Schrödinger und öffnete die Tür zu seinem ebenerdigen Sprechzimmer. „Hier war früher die Küche", stellte Hase fest, als er sich setzte. Auf dem modernen, kleinen Schreibtisch lag viel Papier. Der Pfarrer machte über diesen Wust eine ausholende Handbewegung: „Alles Ablichtungen aus meiner Stasiakte." Er zog ein Blatt heraus.

„Hier können Sie sehen, wie hübsch meine Frau und ich vor fünfzehn Jahren ausgesehen haben. Nicht einmal unsere kleinen Kinder wurden ausgelassen, damals gerade vier und fünf Jahre alt. Möchte nur wissen, wie die Gangster zu den Fotos gekommen sind. Wir versuchen vergeblich, uns zu erinnern. Hier" – er griff ein anderes Papier heraus – „der Personalbogen, der nichts auslässt. Geruchsprobe! Bei mir Fehlanzeige. Hätte ihnen einen lassen sollen."

„Weshalb das alles? Bei Ihnen?" fragte Hase.

„Ich beteiligte mich aktiv an der Arbeit des Friedensseminars in Meißen, sammelte junge Leute aus den Dörfern. Es kamen auch junge Christen aus der Stadt, meist Wehrdienstverweigerer, die es ablehnten, eine Waffe in die Hand zu nehmen. Obwohl in der DDR der Dienst bei den sogenannten Bausoldaten gesetzlich geregelt war, gab es viele Schwierigkeiten. Oft habe ich mit den Männern bis zum Morgengrauen diskutiert. Die Friedensseminare wurden alle von der Stasi observiert, wie diese Horch- und Guckleute es nannten. Dabei wurde von unserer Seite her offen und eben friedfertig gearbeitet. Opposition waren wir schon, aber in dem Sinne, der für das System das Ende brachte. Kerzen und Gebete und immer wieder Diskussionen, die an Schärfe zunahmen, wenn es um den sozialen Ersatzdienst ging, den wir analog zum Zivildienst in der alten Bundesrepublik haben wollten." Er wies wieder auf den Papierhaufen. „Ab 1982 war ich dann operativer Vorgang und konnte so jederzeit „hopp genommen" werden, wie wir das nannten. Das Ganze lief unter einem hübschen Arbeitstitel, den ich in dem Zeug gefunden habe. „Kratzbürste" nannten sie mich. Na", er lachte, „so nennt mich nun meine Frau: ihre Kratzbürste."

„Sind Sie auch bespitzelt worden?" Und fügte an: „Ist wohl nur eine rhetorische Frage."

„Ein trauriges Kapitel, obwohl ich das Glück habe, feststellen zu können, dass mir keiner dieser seltsamen Berichterstatter persönlich nahe stand. Sicher wurden manche erpresst, manche waren erschreckend dumm. Die Geschichte der Dummen in den Zeiten der Diktaturen wird nie geschrieben werden, obwohl das lohnen würde." Er lächelte so hintergründig, wie es einem Pfarrer eigentlich nicht ansteht, stellte Hase im Stillen fest. „Dummheit ist keine moralische Kategorie. Und es interessiert nur die Moral."

Der Pfarrer sah Hase voll ins Gesicht: „Das macht die Medien so interessant. Kaum ein Zeitungsartikel oder eine Sendung, wo der Horizont offen gehalten wird. Wozu auch? Es lebt sich gut mit der Schuld der anderen", sagte er bitter.

„Schlimm bleibt natürlich, dass Geltungssüchtige unter den Horchern waren. Das Fieseste, was da auf dem Haufen liegt, sind Berichte eines Arztes, der es natürlich unter DDR-Verhältnissen nicht nötig hatte, auch noch von der Stasi Geld zu bekommen. Als die Welle der sexuellen Aufklärung in die Kirche hereinbrandete, holte ich ihn für eine Reihe von Abenden für Mütter. Er war mir von einem Studienfreund genannt worden, der in derselben Stadt wie dieser Mann lebte, aber nicht sein Patient war, worauf er Wert legte. Als ich den Mann anrief, ging mir seine servile Bereitwilligkeit auf die Nerven. Daran erinnere ich mich jetzt. Er kam dann angetan mit einer Fliege. Das hatte Seltenheitswert. Und die jungen Bäuerinnen amüsieren sich heute noch darüber, dass er ihnen empfahl, die Männer dazu zu bringen, ihnen beim Mittagessen eine Praliné auf den Teller zu legen. Sie können sich schon denken, wofür dieses Zeichen sein sollte. Der Mensch tauchte dann beim Friedensseminar auf und behauptete in seinen Berichten, ich hätte ihn dort in Meißen „eingeführt".

Wenn es nicht so ein Fiesling wäre, könnte man sich über seine bürgerlichen Allüren im Sozialismus amüsieren. Hören wir damit auf."

„Für mich war es wichtig, das zu hören", sagte Hase.

„Und nun wollen Sie sicher wissen, wie es hier nach Ihrem Vater weitergegangen ist."

„So ist es. 1940 fiel mein Vater in Frankreich. 1941 zogen wir weg zu Verwandten in Franken. Das war zu der Zeit schon schwierig, ging aber gerade noch, wenn man an die folgenden Kriegsjahre denkt."

„Trotz dieser unruhigen Zeiten wurde die Pfarre nach einer zweijährigen Vakanz wieder besetzt, mit dem Dr. Brauskopf. Von dem erzählen die Leute im Dorf heute noch. Ob er zum Widerstand gegen Hitler gehört hat, habe ich nicht genau ermitteln können, halte es aber für wahrscheinlich, obwohl oder vielleicht gerade, weil er kirchenpolitisch sich nicht festlegte, um nicht enttarnt zu werden. Er kam aus der Nähe von Jena, wo er vorher als Assistent bei der theologischen Fakultät gearbeitet haben soll. Da er auch Medizin studiert hatte, wusste er wohl, wie man bei der Musterung für den Wehrdienst davon kommt. Ein seltsamer Vogel war er und eigentlich nicht fürs Dorf. Und doch mochten ihn die Leute. Ältere Kollegen haben mir berichtet, dass er die beste Goetheausgabe besaß, die Cotta je herausbrachte. Die Weimarana, jene berühmte Ausgabe der Werke Luthers, stand auch in seinem Bücherregal. Liiert war er mit einer jungen Ärztin aus der Stadt, die er zu jedem Taufschmaus mitschleppte. Der Gedanke sie zu heiraten, war ihm wohl fremd. Das Ganze war damals ungewöhnlich, wie sie sicher auch beurteilen können?!"

Hase nickte: „Die Leute werden sich schon das Maul

zerrissen haben. Und was der Superintendent dazu sagte, möchte ich auch wissen."

„Da kann ich sie voll und ganz beruhigen. Der Superintendent stand in Russland, wo er dann auch für lange Jahre in Gefangenschaft war. Sein Vertreter war ein alter, bequemer Mann, der seine Ruhe wollte. Und die Leute?! Erstaunlicherweise haben sie ihm nichts übelgenommen. Als er nach Berlin ging, trauerten ihm viele nach."

„Wie ging es dann weiter?"

„Diese Vakanz war nicht lang. Es kam Hans Blizzard, mein Vorgänger, der auch sehr beliebt war, was sich bei seiner Scheidung zeigte, wo der Kirchenvorstand in Dresden vorstellig wurde, weil die Gemeinde ihn behalten wollte. Aber das Landeskirchenamt blieb hart, obwohl er nach der alten Formulierung „nicht schuldig" geschieden wurde. Übrigens ist es für einen Pfarrer nicht immer angenehm, einen beliebten Vorgänger zu haben. Man will es doch gern so haben, dass mit einem selbst am Ort die Kirchengeschichte richtig beginnt."

Hase lachte und wollte näheres über die Scheidung hören.

„Sie hat ihn verlassen. Um das zu bewerkstelligen, ließ sie sich etwas einfallen. Es gab zu dieser Zeit Kurse für kirchliche Eheberater in Ostberlin. Die Westkirche sorgte für Ausbilder, die täglich zu Übungen und Vorlesungen aus dem Westteil der Stadt herüber kamen. Sie, die Frau Blizzard, hatte davon gehört. An sich musste man zu diesen Kursen durch die Landeskirche delegiert werden. Die Dame schaffte es, sich irgendwie als Quereinsteiger hineinzudrängen. Bei dieser Ausbildung hängte sie sich an einen Psychologen aus München – attraktiv soll sie damals durchaus

68

gewesen sein – und brachte ihn dazu, dass er sie in den Westen holte, wie, weiß ich nicht. Vielleicht hatte er sie im Kofferraum, wo ja durchaus nicht nur Leichen drin sind. War schon allerhand los hier."

„Das kann man wohl sagen."

„Mit der ersten Pfarrfrau auf diesem Grundstück – die jetzige Pfarre ist erst 1780 gebaut worden, wie Sie sicher wissen – war das auch nicht ohne."

„Das ist mir alles unbekannt. Ich war dazu zu jung, als wir wegzogen. Aber haben Sie so viel Zeit, mir das zu erzählen?"

„Heute schon. Sie haben es gut getroffen. Also Samuel Fleck, der erste lutherische Pfarrer im Dorf, obwohl über seine Art Luthertum eben einiges zu sagen ist. Eine unruhige Zeit, dieses Jahrhundert der Reformation. Vergleichbar unseren Tagen. Oft keine klaren Fronten. Es ging durcheinander mit römischer und lutherischer Gesinnung, mit den selbstbewussten Landesherren in Deutschland, mit Kaiser, Papst, Frankreich, Spanien und wen und was man da alles noch nennen könnte. Die Wettiner in unserer Pflege waren sowieso zerstritten. Die Dresdner Albertiner mit ihrem Georg fest im alten Kirchenwesen, bis dieser ohne Nachkommen starb. Bei den Freibergern mit Heinrich und seinem Sohn Moritz sah man bald im sogenannten neuen Glauben ein brauchbares politisches Instrument. Moritz war ein machtgieriger Mensch, auf Prunk bedacht. Sehen Sie sich nur sein Grabmal im Freiberger Dom an, da wissen Sie Bescheid. Wenn man uns Sachsen, sicher oft zu unrecht, nachsagt, wir seien heimtückisch, dieser Sachse war heimtückisch. Jahrzehntelang war das mit der gemeinsamen Verwaltung des bischöflichen Amtes Wurzen gut gegangen. Nun, nachdem er sich nach der kurzen Regierungszeit seines Vaters Heinrich in Dresden etabliert hatte, reizte Moritz den Wittenberger Vetter mit der Einbehaltung der Türkensteuer. Es kam zum Wurzener Fladenkrieg, der seinen Namen von den vorher gebackenen Fladen hat, die von den Soldaten immer noch gegessen werden konnten, als sie aus dem Feldlager wieder heimkehrten. Da war nichts verdorben, auch in der Hinsicht nicht, dass es zu keinem Gefecht mit Toten und Verwundeten kam.

Für den Priester im Dorf, jenen Samuel Fleck, war es ein unruhiges Ostern mit Folgen. Der Ärger begann am Karfreitag, als eine entlaufene Nonne vor seinem recht bescheidenen Pfarrhaus stand und um der Barmherzigkeit des gekreuzigten Herrn Willen ein Quartier erbat. Mit einem Wortschwall traktierte sie den Pfarrer, aus dem der immer wieder heraushörte, dass es die Katharina von Zabeltitz richtig gemacht hätte, als sie vor zehn Jahren aus dem Kloster geflohen sei. Da hätten Nonnen noch gute Aufnahme gefunden und die Zabeltitz sowieso, weil sie eine vermögende Verwandtschaft habe. Aber sie, sie sei schlecht dran. Als sie kurz Luft holte, fragte sie der Priester, wer sie nun eigentlich sei; denn die Zabeltitz interessiere ihn überhaupt nicht. Sie sei die Änne Breithaupt und mit sechzehn Jahren in das Kloster Riesa gebracht worden. Woselbst sie fast zwanzig Jahre geblieben sei, bis Herzog Moritz, dieser schreckliche Mann, das Kloster aufgehoben und alle Nonnen nach Mühlberg habe bringen lassen. ‚Ohne mich, denn dort wird auch keine Bleibe sein!', sagte sie und funkelte den Pfarrer an, als ob er Schuld wäre an ihrer Misere. ‚Gut oder auch nicht gut!', sagte der Pfarrer Samuel Fleck. Sie sei das erste weibliche Wesen, das mit ihm unter einem Dach nächtige, seitdem er das Elternhaus verlassen habe, er mache aber eine Ausnahme und würde sie aufnehmen, weil sie offensichtlich auch nicht viel vom lutherischen Wesen hielte. Er habe jung an Jahren die hiesige Versorgung übertragen bekommen, aber kurz vorher als Student auf der Pleißenburg zu Leipzig diesen Doktor aus Wittenberg disputieren hören. Nicht nur der Papst, sondern auch die Konzilien könnten irren, hatte der Luther gesagt. Da höre wahrlich der Spaß auf.

Die Nonne bekam späterhin einen schiefen Blick von der Zugehfrau aus dem Dorf, aber auch einen Teller Suppe mit einem Stück Brot und schließlich ein Federbett, mit dem sie in eine Kammer des Obergeschosses hinaufstieg.

Als der Priester mit der entlaufenen Nonne am nächsten Morgen vom Frühstück aufstand, kam ein energisches Pochen von der Tür. Vom Fähnlein der Herzoglichen standen zehn Mann mit einem Feldweibel auf dem Pfarrhof. Die Landsknechte überzeugte der Pfarrer, dass sie in der Scheune Quartier nehmen sollten. Der Weibel aber meinte, es zieme ihm nicht, dort mit ins Stroh zu kriechen. Er wolle ein standesgemäßes Quartier. Der Pfarrer musste es erdulden, dass der Soldat sich im großen, ebenerdigen Zimmer breit machte und ihm in allem und jedem behinderte. Auch abends fand Samuel Fleck keine Ruhe. Nachdem er am Tage mehrere Stunden weggewesen war, kam der Weibel bei Einbruch der Dunkelheit zurück. Mit einem Krug Wein und einem Stück Hammelkeule saß er breitbeinig auf einem Hocker vor einem halbhohen Tisch, auf dem sonst ein Foliant lag. Der Pfarrer hatte gerade noch verhindern können, dass der Landsknecht mit seinen fettigen Händen das Buch anfasste und musste nun dessen bramarbasierende Reden anhören, weil er ihn vorerst nicht aus den Augen lassen wollte. Ob er, der Priester, wisse, wie es beim Sacco di Roma zugegangen sei, wurde Fleck gefragt. ‚Dass es Gott erbarm', antwortete der und bekreuzigte sich. Das wäre recht geantwortet, meinte schenkelschlagend der Weibel. Er sei als junger Hüpfer dabei gewesen, wie der Bourbon von den tödlichen Kugeln getroffen wurde, als sie vom kaiserliche Heer die Mauer der ewigen Stadt stürmten. Dann war kein Halten mehr. Viele der Landsknechte seien wie er lutherisch gesinnt gewesen. Die feisten Prälaten hätten sie gründlich gemolken und das Fürchten gelehrt. Als er sich nun in Einzelheiten erging, langte es dem Pfarrer. Er müsse ins Bett, sagte er. Da dürfe er ihn nicht aufhalten, meinte der Soldat und setzte wieder die Kanne an. In seiner schmalen Kammer kroch Samuel Fleck unter die Bettdecke, damit er das Gegröle nicht hörte, das nun unter ihm einsetzte. Als der Vorrat an ordinären Liedern zu Ende ging, hörte der Pfarrer ein zaghaftes Klopfen an seiner Kammertür. Wie er öffnete, stand, nur mit einem Hemd bekleidet, die vor Angst zitternde Nonne vor ihm.

Im gleichen Augenblick wurde unten die Tür aufgestoßen. Die beiden oben hörten nach einem Rülpser: ‚Da wollen wir doch 'mal das Nönnchen besuchen.' Ehe nun Samuel Fleck erklären konnte, wie ihm die ganze Sache zuwider sei, drängte die Nonne an ihm vorbei, legte sich auf sein Bett und zog die Decke über den Kopf. Torkelnd kam der Landsknecht die Treppe herauf, eher gekrochen als gestiegen. Schnell schloss Samuel Fleck die Kammertür, aber der ungebetene Gast hatte wohl gesehen, was er nicht sehen sollte, oder er erahnte etwas vom Geschehen in der Kammer. Schnaufend ließ er sich fallen und lehnte den Rücken an die Tür. Bald hörten die beiden ihn laut schnarchen. Ostern fiel in dem Jahr auf kühle Tage. Der Pfarrer konnte nicht auf der Bettkante sitzen bleiben. So entdeckten die beiden im Bett, dass nicht alles an Luthers Lehre neumodisch verkehrt war. Nach der Heirat gab es die erste Pfarrfrau im Dorf."

„Hm", meinte Hase, „so etwas kommt heute nicht mehr vor."

Der Pfarrer Schrödinger lächelte: „Sagen Sie das nicht. Als Vikar war ich abgeordnet, wie man damals noch sagte, in eine vakante Gemeinde. Die Pfarrwohnung wurde von den Handwerkern mit der Ruhe vorgerichtet, die ihnen in jenen DDR-Zeiten heilig war. Ich hauste im Erdgeschoss neben der Wohnung der Gemeindehelferin. Der harte Winter machte uns beiden in den nicht unterkellerten Räumen zu schaffen. So war ich nach einer Bibelstunde sofort zu Bett gegangen, lag unter einem mächtigen Federberg und las einen Krimi, als leise die Tür aufging und sich die Gemeindehelferin hereinschob. Sie klapperte vernehmlich mit den Zähnen, obwohl sie sich in eine dicke Wolldecke eingewickelt hatte. ‚Ich kann vor Kälte nicht schlafen', sagte sie und setzte sich auf meine Bettkante."

„Und?" fragte Hase, als der Pastor pausierte.

„Mir kam zweierlei zustatten. Ich war glücklich verlobt und die Gemeindehelferin war hässlich."

Die Schmiede

„Mensch du! Du hast mir gerade noch gefehlt!", sagte Roland Eckelt, als er die Tür öffnete.

„Das ist vielleicht ein Empfang!" Carl-Friedrich Hase umarmte ihn, klopfte ihm auf die Schulter. Deine Ehrlichkeit hat nicht nachgelassen seit damals auf der Schulbank beim alten Wetzel. Wie geht es d e m?"

„Gut für sein Alter. Komm 'rein. Ich wollte in die Stadt, aber das hat Zeit."

„Hübsch hast du es. Voriges Jahr beim Klassentreffen war ja keine Zeit dein Reich anzusehen."

„Reich hin, Reich her. Alte Buden, das Haus und die Schmiede. Aber ich habe es nicht übers Herz gebracht, alles aufzugeben in der vierten Generation. Ich hatte mein Auskommen im Landmaschinenkombinat. Wohnen in der Stadt, das wollte ich nicht. Ich habe geräumt, gemauert und gestrichen, bis aus dem Winkelzeug, in dem wir uns als Kinder versteckt haben, etwas geworden ist, das man herzeigen kann. Aber setz' dich erst einmal und trink einen Kognak. Dann machen wir die Hausführung."

„Gut, ich kann einen zur Brust nehmen. Ich habe das Auto in der Stadt stehen lassen."

„Also dann: Prost!"

„Prost! Auf deine neue Liebe! Auf die Lisette Kochler. Hübscher Name."

Roland Eckelt wurde rot, wie Carl-Friedrich Hase belustigt feststellte.

„Wer hat da gepfiffen?"

„Auf dem Weg vom Bahnhof hierher habe ich den Bamser getroffen."

„Und der konnte wieder die Gusche nicht halten."

„Hast du das vom Bamser anders erwartet? Aber Ehre, wem Ehre gebührt. Er hat sich nicht das Maul zerrissen. Ich würde sagen: hochachtungsvoll hat er von ihr, von euch beiden, gesprochen."

„Na ja, davon reden wir noch. Aber erst einmal will ich wissen, wie es dir geht."

Hase lachte: „Wie es eben einem Wessi geht, der nicht selbst mauern und anstreichen muss. Oft denke ich jetzt: das Haus ist zu groß für uns beide, seitdem die Kinder ausgeflogen sind. Aber sie liebt ihren Garten. Also bleiben wir drin."

„Mitkommen wollte deine Frau nicht?"

„Nein. Das nächste Mal vielleicht. Aber reden wir endlich von dir. Ich bin gespannt, wie du dir denken kannst."

„Vorher noch einen Doppelten?" „Na gut, wenn du dann unter der Nase besser fort kannst, schenk dieses Quasselwasser nach. Kognak und Rotwein für alte Männer."

„Einen guten Roten hab ich auch. Den hole ich noch. Ist ein Griff in der Küche. Da brauchst du nicht so ein ungeduldiges Gesicht zu machen."

Er kam zurück. Legte den Korkenzieher vorerst neben die Flasche auf den Tisch.

„Also. Dir brauche ich nicht zu sagen, dass ich mit Lene, die ja mit uns beim alten Lehrer Wetzel die Schulbank drückte, verheiratet war, glücklich verheiratet, obwohl wir keine Kinder hatten, und ich mich manchmal von da her fragte, warum ich die Schufterei um das alte Gemäuer hier auf mich nahm.

Wir haben es letztlich gern getan, bis sie Mitte der Achtziger den Schlaganfall hatte. Es war schon ein Stress für mich, ihre Pflege und dann jeden Tag zur Arbeit. Wenn der Betrieb auch schon lahmte wie ein alter Gaul, ich in meiner Position damals und ohne richtiges Parteibuch musste ganz schön strampeln. Der Doktor kam regelmäßig, die Gemeindeschwester sowieso jeden Tag. Wir waren froh, als wir sie nach zwei Monaten zum ersten Mal im Rollstuhl sitzen hatten. Ein paar Worte sprach sie auch wieder. Zu mir sagte sie Franz. Franz, mein Großvater, das alte Original, war mit Sicherheit der erste Mensch aus unserer Familie, der ihr in früher Kindheit zum Begriff wurde.

Nachts rief sie aller Stunden: ‚Franz!' da habe ich sie beruhigt. Wenn ich ungeduldig wurde, tat es mir am nächsten Tag leid. So ging das über vier Jahre. Und was soll ich dir sagen: das ist dann auch ein Lebensrhythmus. Wenn ich aus der Stadt heimkam, sah sie mich mit dankbaren Augen an. Meist war Glauchen Hede bei ihr oder eine andere Nachbarin. Ich merkte sofort, dass sie mit mir allein sein wollte. Mein Dank gegenüber den Helferinnen fiel oft kurz aus. Im Herbst 89 wiederholte sich der Schlag. Auch im Krankenhaus konnte ihr nicht mehr geholfen werden. Am neunten Tag – der wohl immer kritisch ist – starb sie. Während andere nach Leipzig fuhren zum Demonstrieren, musste ich mich um die Beerdigung kümmern. Die Lauferei tat mir gut. Ich weiß nichts über deine Ehe und außerdem hast du Kinder ...“

Carl-Friedrich Hase sah ihn voll an, aber unterbrach ihn nicht.

„Na ja. Es war nicht leicht. Aber die Unruhe in diesem

Herbst lenkte ab. Außerdem war die Art und Weise, wie seinerzeit das einzige Beerdigungsinstitut in der Stadt arbeitete, ein Skandal. Zuerst wurde ich dort laut und schließlich habe ich doch geschmiert. Hier auf dem Dorf wäre alles einfacher gewesen. Mückel Heinz ist zwar nur einmal besoffen, nämlich immer, aber die Gräber macht er ordentlich und die Nachbarn tragen den Sarg. Doch wer soll unser Grab pflegen? Die Nichten und Neffen sind weit weg. Die interessiert einmal nur das Geld. Also auf den großen Friedhof in der Stadt und weil der kirchlich ist, noch aufs Pfarramt. Und nun kommt's. Aber das bis hierher musste sein. Du hast geduldig zugehört. Erst einmal die Stimme ölen."

Er goss sich Rotwein in den großen Kognakschwenker. Trank aus und schenkte wieder ein. Carl-Friedrich zog mit.

„Als ich wegen der Grabstelle in die Kanzlei kam, habe ich sie zum ersten Mal gesehen. Dort stand damals so ein altmodischer Tresor, vor dem ich mich auf den Stuhl hockte. Sie hat mir später erzählt, ich sei wahrhaft ein Häufchen Unglück gewesen. Sie redete mit einer korpulenten, energischen Person, die, wie ich beim flüchtigen Zuhören merkte, auf dem Friedhof Gräber pflegte und sich über den geringen Lohn beschwerte. Nachdem diese Frau schimpfend das Büro verlassen hatte, wendete sie sich zu mir. Ich trat heran und legte meinen Arm auf das schadhafte grüne Linoleum, mit dem die Barriere überzogen war. Sie schaute mir von oben her – sie ist größer als ich – ins Gesicht und wirkte dabei gar nicht von oben herab. Als ich redselig darlegte, weshalb ich kam, von der Krankheit und dem Tod der Frau erzählte, sagte, dass wir den Pfarrer vom

Dorf mitbrächten, aber in der Stadt begraben sein wollten, weil wir keine Kinder hätten und eine langwährende Grabpflege im Voraus bezahlen wollten, was so auf dem Land nicht mehr möglich sei, weil kein angestellter Friedhofsgärtner vorhanden sei, hörte sie mir geduldig zu. Dabei schob sie ihre große Hand mit den nach oben zu breiter werdenden Fingern ganz sacht über meine schlaff daliegende Rechte. Sanft bedeckte sie meine Rechte. Ich fühlte kein Erstaunen, war nicht einen Augenblick irritiert, sondern redete mit fester werdender Stimme weiter, konnte endlich meine Wünsche klar formulieren. Als ich fertig war, zog sie ihre Hand zurück, nahm einen Bestellblock zur Hand und schrieb auf, was ich wollte. Als ich das Pfarramt verließ, war mir eigentlich wohl. Man kann sicher sagen: ich war getröstet. Ich habe sie dann wiedergesehen, als ich die Beerdigung bezahlte. Da war viel Betrieb im Büro. Wir redeten geschäftlich miteinander und ich stand bald auf der Straße."

Wieder tranken beide einen Roten. Carl-Friedrich hob sein Glas und nickte seinem Freund zu, sagte aber nichts.

„Das ist knapp drei Jahre her. Nun würdest du sagen: alles neu macht der Mai. Es war tatsächlich an einem sonnigen Frühlingstag, als ich sie in der Stadt wiedersah. Der Fußweg war eng. Mir war recht, dass wir nicht gut aneinander vorbei kamen. Ich blieb stehen, gab ihr die Hand und fragte, ob sie mich noch kennen würde. Sie bejahte das und wusste sogar noch meinen Namen. Wir gingen in ein Lokal am Crostigall, das sie schon vor der Wende ganz nett herausgeputzt hatten. Nun lache nicht, wenn ich dir sage, was mir bei diesem ersten näheren Kennenlernen gefiel: sie raucht.

In der Hand, die mir damals Trost und Geborgenheit gegeben hatte, hält sie eine Zigarette, mit einer gewissen Eleganz, die mich notorischen Nichtraucher überzeugte. Es blieb nicht beim Kaffee, wir aßen Abendbrot und tranken Sekt, so dass ich das Auto stehen lassen musste und mit der Taxe heimfuhr. Beide wurden wir unseren Frust los über den Vorruhestand, den wir euch Wessis verdanken und der nun wiederum so übel nicht ist. Als ich am andern Morgen das Auto in der Stadt abholte, besuchte ich sie in ihrer kleinen Altbauwohnung mit Plumpsklo auf halber Treppe und ähnlichem Komfort. Sie versicherte: erst das Auto – es ist ein gebrauchter Polo – und dann die Wohnung. Ich bot ihr an, am nächsten Tag mein Reich, wie du es nennst, zu besichtigen. Als sie ihr Fahrzeug auf der kleinen Seitenstraße da hinten", Roland Eckelt wies mit der Hand hinter sich, „abgestellt hatte, meinte ich, ich könne mit meinem Skoda durchaus konkurrieren. Das wollte sie aber nicht hören. Ich kochte eine starken Kaffee. Als sie ihn lobte, sagte ich geschmeichelt, dass ich eben Kaffee kochen könne. Worauf sie zurückgab, ein ehemaliger Betriebsdirektor müsse schließlich irgend etwas können. Beim Zubereiten des Abendbrotes half sie mir und pfiff durch die Zähne, als ich die Kaviardose öffnete. Zögerlich brachte ich hervor, eigentlich keinen Sekt zu mögen. Sie war sofort dafür zu haben, meinen vorsorglich temperierten Roten herbeizuholen. Sie saß schon auf dem Biedermeiersofa, das ich dem Rabelmann einmal abgekauft habe. Er hat es 45 im Schloss Wermsdorf – unten im Ort, nicht in der Hubertusburg – abgestaubt, wie er mir gegenüber offen zugab.

Als sie fragte, ob ich nicht Fotografien aus meiner Kindheit hätte, suchte ich das alte Album hervor und setzte mich neben sie. Wir sind bei den ersten Bildern hängen geblieben; denn sie erzählte nun auch, wie sie nach der glücklichen Kindheit in Glogau jung geheiratet hatte, im Januar 45, und ihr Mann kurz darauf in den schweren Kämpfen an der Oder das rechte Bein verloren hätte, sie aber dann wenigstens den Verwundetentransport begleiten konnte, der ihn hierher in die Stadt ins Lazarett brachte. Nach seiner Entlassung hatte er sich als gelernter Kaufmann bei der Edeka beworben und war dort bald Direktor der Filiale geworden. Sie hatte engagiert mitarbeiten können, weil sie keine Kinder bekamen. Nach seinem frühen Krebstod sei sie als Frau eines ehemaligen Kirchenvorstehers in dem Pfarramt gelandet, wo wir uns kennen gelernt hätten."

„War auch nicht leicht, dieses Leben", sagte Carl-Friedrich Hase.

„Das habe ich an diesem Abend auch gedacht und ihr gesagt. So redeten wir und redeten, tranken auch ab und zu ein Glas dazwischen und sie rauchte ihre Zigaretten, bis wir feststellten, dass sie nun schon wegen des Alkohols nicht mehr mit dem Auto heimfahren könne.

Sie hatte eine Bluse an, die vorn unterhalb einer schönen Brosche – einem geretteten Erbstück, wie sie sagte, - sich einen Spalt weit öffnete, wenn sie sich bewegte. Ich sah gelegentlich hin, während ich so tat, als ob ich nur mit den Fotografien beschäftigt sei. Sie hat das natürlich bemerkt, wie sie mit später sagte. Ihr Arm glitt langsam von der Sofalehne auf meine Schulter ..."

In diesem Augenblick ertönte ein unverschämtes Hupen hinter dem Haus.

„Weiter", sagte Carl-Friedrich, „erzähl' weiter!"

„Da wird erst einmal nichts draus", lachte Roland Eckelt. „Das ist sie!"

Die Tür ging auf. Eine Frau mit guter Figur in einem attraktiven Sommerkleid kam herein, küsste flüchtig den Hausherrn und gab dem Gast die Hand, sah auf die Gläser und Flaschen:

„Das erklärt alles. Zuerst warte ich daheim auf dich und nun hupe ich hinter dem Haus, dass das ganze Dorf zusammenläuft. Ihr aber reagiert nicht!"

Carl-Friedrich hatte sich aus dem Sessel hochgezogen: „Dr. Hase, ein Schulfreund von Roland aus Würzburg. Und Sie sind sicher Frau Kochler?!"

„Das bin ich!"

„Ich habe gerade von dir erzählt", sagte Eckelt. „Und da war ich so dabei, dass ich nichts anderes hören und sehen konnte."

„Das ist doch ein starkes Kompliment!" unterstützte ihn sein Freund.

„Na ja, nehmen wir's als Entschuldigung. Die Herren haben sicher nichts dagegen, wenn ich uns jetzt eine Tasse starken Kaffee koche."

Das hatten sie wahrlich nicht. Sie wollten ihr nur in der Küche dabei Gesellschaft leisten, was ihnen gestattet wurde.

In dem angeregten Gespräch, das sie im Zimmer fortsetzten, kam die Rede auch auf den alten Lehrer Wetzel. Lisette kannte ihn gut, weil er lange Zeit Synodaler der Landeskirche und oft deshalb im Pfarramt zugange war.

Nachdenklich sagte Lisette: „Als ich das Dorf noch nicht kannte, hat er mir eine Geschichte erzählt, auf die er bei seinen Heimatforschungen gestoßen war. Er musste auf den Superintendenten warten, ich hatte keinen Publikumsverkehr. Es war an einem Winternachmittag kurz vor Büroschluss. Ich habe gern zugehört."

„Diese Geschichte wollen wir hören", sagte Hase. Lisette lächelte: „Könnt ihr das? Ihr seid doch schon ein bisschen duhn!" Eifrig wurde ihr versichert, dass der Kaffee seine Wirkung zeige.

„Na gut", wieder lächelte sie nachdenklich. „Es ist eine Geschichte aus dem 30-jährigen Krieg und eigentlich", sie sah Roland Eckelt an, „eigentlich passt sie." Langsam trank sie ihre Tasse leer, langsam begann sie zu sprechen:

„An einem Morgen im letzten Jahrzehnt dieses furchtbaren Krieges sah der Schmied Adam Strunz sie hier auf dem Markt vor seinem Gehöft sitzen, mit einer zweirädrigen Karre voller Gerümpel, alte Kleider, auch irdenes Topfzeug, obenauf ein Kupferkessel. Nur eben, dass der Markt seinen Namen nicht mehr verdiente. Zu Beginn der Auseinandersetzung in Böhmen hatte es hierzulande noch gut ausgesehen. Handel und Wandel war auf diesem Platz jeweils am Mittwoch. Nun war der Schwede als Feind im Land und wütete schlimmer noch als die Kaiserlichen. Der Schmied konnte sein eigenes Lied davon singen. Auf dem Friedhof zwischen den Gräbern hatte er gelegen und gezittert vor Angst. Die Frau war nicht mitgekommen, als er es durch den rückwärtigen Ausgang des Grundstückes gerade noch geschafft hatte zu fliehen. So fand er sie tot vor dem Herd liegend, leuchtete ihr mit einem Kienspan den blutigen Kopf ab. Mit verkrampften Händen lag sie da. Wer weiß, was sie um jeden Preis hatte festhalten wollen, vielleicht die letzten ersparten Taler, die sie unter ihrem Strohsack versteckt gehalten hatte.

Nun war der Schmied schon zwei Jahre allein und nährte sich vor allem von einer Ziege, die er mit Hilfe seiner letzten Groschen im Oberland hatte auftreiben können. Eisen lag noch genug hinter dem Amboss an der Wand, auch brauchten die übriggebliebenen Dorfleute Geräte; denn selbst davon hatten die Plünderer manches mitgenommen. Es war aber kein Geld mehr im Ort. So hatte die Frau mit der Karre wohl Zulauf, gekauft wurde jedoch nichts. Am Abend verkroch sie sich unter ihr Gefährt. Zwischen seinen Hantierungen stellte Adam Strunz am nächsten Morgen fest, dass sie immer noch da war. Er beobachtete, wie sie gegen Mittag auf einem trockenen Stück Brot herumkaute. Hatte er nun Mitleid oder schon andere Gedanken, jedenfalls ging er zu ihr hin und bot ihr an, dass sie sich auf dem Schmiedefeuer eine Brotsuppe kochen könne.

Sie zierte sich nicht, sagte, dass sie aus Burgund käme und Ute Alban hieße. Aus einem Leinenbeutel holte sie weiter trockene Brotstücke heraus. In ihrem Gerümpel fanden sich ein Topf und zwei Teller, denn sie erklärte, die Suppe mit ihm, dem Schmied, teilen zu wollen. Der holte einen Napf Milch und zwei Löffel. Beide hockten schließlich nebeneinander auf groben Holzklötzen und versicherten sich gegenseitig, die Suppe, in der die Milch weiße Bahnen zog, würde Leib und Seele stärken. Der Schmied hatte zuerst einen leeren Teller und meinte, es sei eine schreckliche Zeit, jetzt und schon lange.

83

Drei Jahrzehnte sei sie schon unterwegs, sagte die Frau und könne ihm nur beipflichten. Sie ließ sich über die Kaiserlichen aus, mit denen sie vor langer Zeit als Marketenderin ins Land gekommen sei. Die Schweden, zu denen sie als Protestantin überlief, seien anfangs disziplinierte gute Soldaten gewesen. Mit dem Tod ihres Königs, den sie bei Lützen miterlebt habe, sei es bergab gegangen. Heutzutage sei dieses Heer auch nur noch ein marodierender Haufen unter habgierigen Generälen. Da konnte nun der Schmied aus eigener Erfahrung heraus mitreden.

Plötzlich fragte er die Frau, ob sie nicht ihren Karren auf den Hof stellen wolle, es käme doch keiner, um ihr etwas abzukaufen. Sie ließ sich nicht lange bitten, nahm dann auch einen Besen zur Hand und machte im Wohnhaus neben der Schmiede ein wenig Ordnung. Es sei eben, wie es sei, wenn ein Mann allein leben müsse, hatte der Schmied gesagt.

Am Abend stellte sich heraus, dass der Brotsack der Marketenderin noch längst nicht leer war, auch gab die Ziege nochmals Milch. Am nächsten Tag ging das so weiter, nachdem sie in der Schmiede und er in der Stube geschlafen hatte. In der zweiten Nacht kam sie nach einer Stunde zu ihm in die Stube. Er schlief noch nicht und entdeckte bald, dass sie für Leib und Seele noch mehr zu bestellen hatte als Brotsuppe."

„Hoho", unterbrach sie hier Carl-Friedich Hase und „Hoho", echote sein Freund.

„Eure Fantasien laufen durchaus nicht in die Irre", sagte Lisette, „nehmt aber noch einen Schluck, ehe die Pointe kommt." Sie lächelte und schenkte ihnen nach dem Kaffee noch einen Kognak ein.

„Nach zwei Monaten – es war inzwischen Hochsommer – sagte die Landstörzerin Ute zum Schmied, dass es sie verdrießt, wenn die Weiber im Dorf, auch wenn es nicht viele wären, auf sie herabschauen würden. Sie wären doch beide verwitwet. Seine Frau sei von denselben Schweden ermordet worden, auf deren Seite ihr zweiter Mann in der Lützener Schlacht gefallen sei. Nichts stünde im Wege, dass sie beide zum Pfarrer gingen und sich kopulieren ließen. Nach einer längern Gesprächspause gab der Schmied zu bedenken, dass kein Pastor im Dorf sei. Offensichtlich hatte Ute mit diesem Einwand gerechnet, denn sie antwortete schnell, es gäbe zwar hier am Ort keinen Pfarrer, aber in Dahlen sehr wohl. Das sei ein gefälliger Mann, hätte auch Zeit, weil nach den schrecklichen Heimsuchungen dort nicht viel Leute in Dahlen geblieben seien, sei auch nicht so hochmütig wie Hochwürden aus der Stadt, der sich zu allem dreimal bitten ließe.

Also machten sie sich einige Tage später auf und liefen am frühen Morgen eines Sonnabends nach Dahlen. Es zeigte sich, dass Ute Alban vorgesorgt hatte. Pfarrer Greif war nicht überrascht, als das merkwürdige Paar gegen zehn Uhr am Vormittag bei ihm auftauchte. Auch war da sofort eine Vertrautheit zwischen dem Pfarrer und der Landstörzerin, die Adam Strunz erstaunte. Sie saßen zu dritt in einem ansonsten leeren Zimmer im dazumal vor dem großen Brand noch unzerstörten Pfarrhaus auf grob zusammengenagelten Stühlen. Vor dem Pfarrer stand etwas Tischähnliches aus gehobelten Brettern mit einem Tintenfass, Feder und Papier. An der Hinterwand des Raumes lehnten Stapel von Folianten. Als Ute Alban dorthin blickte, meinte der Pfarrer, dass er es nur ihr zu verdanken habe, wenn er jetzt nicht ohne Bücher leben müsse, was für ihn ein erbärmliches Leben wäre. Wieder sah der Schmied erstaunt zur Landstörzerin hin, die kurz angebunden mitteilte, dass sie auf dem Heimweg alles erklären würde. Nun breitete sich der Pastor Greif darüber aus, dass der fliegende Händler Arno Greif, ein entfernter Verwandter von ihm, angekündigt habe, sie kämen beide zur Trauung. Es ergäbe sich allerdings eine Schwierigkeit, weil sie, die Ute Alban, wie ihm bekannt, aus Burgund kommend eine Hugenottin und also reformiert sei. Ihr Auserkorener sei aber gut lutherisch. Hierauf lachte die Landstörzerin und fragte, ob ihm das nicht genug sei, das Haus ausgeräumt zu bekommen und die Pestilenz im Ort zu haben, dass es Gott erbarm. Was er dann mit solchen Tintenklecksen wolle. Der Schmied erstaunte wieder, umso mehr, als der Pfarrer einlenkte und feinsinnig lächelnd meinte, der Mensch werde nach seinen Taten gewogen und es sei kein Geringes, eine Pfarrbibliothek zu retten. Das Amtsgewand, das der Pfarrer Greif anzog, war schäbig, die Kirche, in die sie miteinander gingen, war ausgeplündert und doch war der Schmied ergriffen, als er der Landstörzerin die Hand reichte und dabei die Tränen in ihren Augen sah."

„Ja, was ist noch zu berichten?", fragte Lisette und schenkte sich auch einen Kognak ein, ohne die Männer zu vergessen.

„Auf dem Rückweg erzählte sie ihrem Neuangetrauten, sie sei mit den Schweden von Torgau aus in Dahlen gewesen und habe bei der Plünderung verhindern können, dass der Pfarrer auch seine Folianten einbüßte. Die beiden haben den Krieg bis zum bitteren Ende überstanden, auch das neuerliche Auftauchen der Schweden im Dorf und sind betagt kurz hintereinander gestorben. Das ist natürlich nicht alles. Vielleicht kannst du dir denken, Roland Eckelt, warum ich das so ausgebreitet habe? Ich will dir auf die Sprünge helfen: Wie die Landstörzerin Ute mit ihrem Schmied will ich mit dir zum Pfarrer."

„Jetzt hat sie dich gefangen!", sagte Carl-Friedrich Hase. Sein Freund Roland Eckelt sah Lisette Kochler an: „Und wenn ich mich nun gern fangen lasse?!", stand auf und gab ihr einen Kuss.

Drei Tage später gingen Lisette Kochler und Roland Eckelt zum Pfarrer. Sie hatten vorher angerufen. Schrödinger war ein nüchterner Mann. Er bat mit routinierter Freundlichkeit die beiden in sein Arbeitszimmer und kam, kaum dass sie sich gesetzt hatten, zur Sache: „Mit Ihnen, Frau Kochler, ist natürlich alles in Ordnung, wie ich wohl nicht zu betonen brauche. Schwieriger", er lächelte, „ist es mit Ihnen, Herr Eckelt. Sie haben Rechtsentzug, weil sie die Kirchensteuer – es war ja eigentlich ein Kirchenopfer – in der DDR-Zeit nicht gezahlt haben. Was machen wir da? Nach der Wende stand allerdings auf Ihrer Lohnsteuerkarte evangelisch und Sie haben Kirchensteuer gezahlt, bis Sie in den Vorruhestand gingen."

„Wie viel ist es", fragte Lisette.

„Mit dem Kirchgeld der letzten zwei Jahre nur circa zweitausend Mark. Sie wissen ja selbst, dass wir unterbewertet einschätzten."

„Trotzdem fünfzig zu fünfzig", sagte Lisette. „Tausend ist mir der Mann wert und hundertfünfzig Kirchgeld lege ich drauf."

Roland fiel die Kinnlade herunter. Aber dann, beim Aufgebotsgespräch, fasste er sich wieder.

Von der Trauung sagte die alte Höppnern, es sei die schönste gewesen, die sie je gesehen hätte. Und die alte Höppnern wusste, was sie sagte; denn sie war über 80 und wohnte ein Leben lang neben der Kirche. Allerdings pflegte sie dazu zu sagen: „Weiß trug sie nicht, aber es hätte sich auch nicht geschickt."

Zum Panther

Vormittags hatte Hanna Raschke noch zu. „Geschlossen" stand an der Kneipentür; mit den Fäusten bearbeitete die der Bamser vergeblich. Also musste er in den Gasthof gehen, weil er Durst hatte. Er nickte hin zu Hans Roller, dem Wirt, der hinter der Theke stand, klopfte mit der leicht geballten Rechten auf den Tisch neben dem Ausschank und setzte sich dem Mann, der dort schon Platz genommen hatte, gegenüber. Der Kneiper kam hinter der Theke vor und stellte ihm unaufgefordert ein Bier hin.

„Das tut gut an so einem warmen Tag", sagte der Bamser nach dem ersten kräftigen Zug, mit dem er das Glas zur Hälfte geleert hatte. „So eine Kneipe ist Gold wert. Aber drei an einem Ort, das waren zu viel. Einer musste das Handtuch werfen und da hat es eben den ‚Panther' da drüben getroffen."

Hans Roller meinte nachdenklich: „Aber den haben sie schon Ende der Sechziger fertig gemacht. Die Praktiken damals waren nichts für einen wie ihn. Er ist nicht raffiniert genug."

„Stimmt. Man kann sagen, er ist ein Ehrenmann, noch heute, wenn er so daher kommt. Immer korrekt." Der andere Gast mischte sich ein: „Wer ist ein ehrenwerter Mann?"

Die beiden reagierten auf sein leichtes Schwäbisch erst einmal reserviert, aber ihr Nachdenken wurde offensichtlich angeregt.

„Also", sagte der Bamser, während der Wirt zum Gläserwaschen wieder hinter die Theke ging. „So grundsätzlich wollten wir das mit dem ehrenwerten Mann gar nicht haben. Sie sind ja nicht von hier. Aber, wenn Sie wollen, kann ich Ihnen erzählen, wie das mir Rolf Ritter gelaufen ist." Der Gast nickte ihm ermunternd zu.

„Er hatte den ‚Panther' von seinem Vater geerbt. Es war alles – die Landwirtschaft und die Gaststätte – ein wenig heruntergewirtschaftet, als der alte Ritter 1948 starb. Andere Bauern hatten damals Teppiche der Städter bis in den Kuhstall liegen. Nicht so bei Ritters. Die gaben den Leuten, die hamstern kamen, ihr Zeug zum – wie sie sagten – reellen Preis für diese Papierlappen, von denen jeder wusste, dass sie bald wertlos sein würden. Vom Vater auf den Sohn änderte sich da nichts. Auch mit dem Soll. Da hat Rolf nicht dran gedreht, damit er freie Spitzen bekam, die Geld brachten. Kurz und gut, Mitte der fünfziger Jahre musste er die Gaststätte schließen und kurz danach hatten sie ihn so am Wickel, dass er vor dem großen Bauernsterben 1960 schon Ende des Jahrzehnts seine Klitsche in die LPG geben musste. Das trug er alles mit Würde, die ihm ja eigen ist. Er machte die dämlichste Arbeit im Stall, ohne zu murren, ertrug die damaligen Hohlköpfe von Brigadieren und LPG-Vorsitzenden, ließ die Reden des Parteisekretärs über sich ergehen, als ob es selbstverständlich sei, dass ein Hilfsarbeiter aus einem Metallbetrieb der Stadt mehr von der Fruchtfolge verstehen würde als er. Sein Glück war dabei, dass er es bei der Wehrmacht nur zum Unteroffizier gebracht hatte, sonst hätten sie versucht, ihm da etwas anzudrehen. Für den Leutnant war er einfach zu lange im Lazarett gewesen mit seinen vielen Verwundungen. Er hatte das goldene Verwundetenabzeichen verliehen bekommen. Ich nehme an, dass er das bis heute aufgehoben hat, durch die Stürme der Zeit hindurch. Kurz und gut. Sie merken schon, was er alles weggesteckt hat. Eins machte ihm aber doch zu schaffen, nämlich als seine Marika sich verliebte. Das ist seine einzige Tochter. Ein ausgesprochen hübsches Weib." „Hm, hm", kam es vom Wirt her, „aber er hat Recht. Auch heute noch ansehnlich, die Marika." „Unterbrich mich nicht", sagte der Bamser. „Bring lieber noch ein Bier. Mir ist trocken im Mund. Wo also war ich stehen geblieben?"

„Bei dem hübschen Weib", sagte der Kneiper, als er das Bier hinstellte.

„Also hör du jetzt auf mit deinen Querredereien. Sie, die Marika, war in der Stadt tanzen. Damals gab's den ‚Pippig' noch am Markt, ein altes, renommiertes Hotel mit Saal im Familienbesitz. Das war kein Bums wie bei uns auf den Sälen. Manche sagen aber, alles Getue kommt aus der Stadt. Ein bisschen für Getue ist Marika.

Kurz nach ihrem 18. Geburtstag fuhr Marika abends mit dem Zug in die Stadt. Liesbeth Karnagel aus Trebelsen hatte sie sozusagen als Geleitschutz bei diesem ersten auswärtigen Tanzabenteuer dabei. Das beruhigte Rolf und seine Frau, die damals noch lebte. Aber dann kam Liesbeth mit einem der drei Taxis, die es seinerzeit in der Stadt gab, allein nach Hause, fuhr aber anstandshalber bei den Eltern Ritter vorbei und richtete ihnen von ihrer Tochter aus, sie würde nun nach dem Ende des Schwofes in der herrlichen Sommernacht noch spazieren gehen. Bei der Frage, mit wem sie denn spazieren ginge, beschränkte sich Liesbeth auf die knappe Aussage: ‚Mit einem jungen

Mann', und schützte dann Eile vor, weil die Taxe nicht warten könne. Da war bei den Ritters die Butter braun, wie sich denken lässt. Rolf Ritter wollte sich sofort aufs Fahrrad setzen, um die Tochter zu suchen. Seine Frau konnte ihn gerade noch davon abhalten. Die beiden hatten eine unruhige Nacht und wollten gerade in den Stall, um ihr Individuelles zu versorgen. Das war das Vieh, das sie sich privat halten durften", erklärte der Bamser seinem westdeutschen Zuhörer. „Plötzlich stand Marika vor ihren Eltern und teilte mit, sie sei mit dem ersten Zug aus der Stadt gekommen.

‚Und?!', sagten Mann und Frau gleichzeitig. ‚Gar nicht und', antwortete ihr bis dahin immer gehorsames Kind. ‚Ich habe Herrn Bachlechner kennen gelernt. Wir haben uns gut unterhalten. Erst sind wir durch die Stadt gebummelt und dann haben wir in den Bahnhofsanlagen gesessen, bis mein Zug kam!' Triumphierend setzte sie hinzu: ‚Es ist nichts passiert, wie ihr das so nennt', und ging ins Bett.

Das war gleich im Dorf herum. Da hatten die Weiber was zu tratschen. Die männliche Jugend interessierte das Geschehen auch. Einerseits war uns eine Hübsche von einem Städter ausgespannt worden, andererseits war das Ganze so romantisch. Für nähere Einzelheiten sorgte Liesbeth Karnagel, als sie am Nachmittag darauf im Konsum einkaufte.

‚Na', sagte Ilse Herzog hinterm Ladentisch, als Liesbeth Karnagel hereinkam. ‚Was ist das für ein Kerl, den Marika aufgegabelt hat.' Liesbeth konnte nur das Beste berichten und auch die vier Frauen, die hinter ihr schnell ins Geschäft gekommen waren, hörten gern zu.

Groß und schlank sei er, der junge Mann, habe gute Manieren. ‚Der grapscht nicht so beim Tanzen.' Den

Walzer könne er auch linksrum, Tango und Samba sowieso. Er habe sie beide höflich gefragt, ob er sich an den Tisch setzen dürfe, weil er etwas später gekommen sei. Mit ihr habe er auch getanzt, Augen aber nur für Marika gehabt. Am Schluss habe er die Zeche bezahlt. ‚Bei uns beiden war ja nicht viel. Wir haben nur Tee getrunken bei den HO-Preisen.'

‚Und was hat er angehabt?', fragte Ilse.

‚Eine Uniform!' Die Henseleiten fasste sich als Erste wieder. ‚Eine Uniform?!' ‚Ja', sagte Liesbeth. ‚Er ist Leutnant bei der Volksarmee.' ‚Prost Mahlzeit!', sagte Ilse."

Der Bamser hatte selbst seine Freude dran, als er die Geschehnisse so breit ausmalte. Der fremde Gast aber hatte Hunger und bestellte sich – wie er betonte – sächsische Kartoffelsuppe mit Bockwurst. Dazu lud er den Bamser ein.

„Da sage ich nicht nein", meinte der. „Bis der Wirt das Essen bringt, bin ich auch fertig. Es gab einen Riesenknatsch. Als es Rolf Ritter von seiner Tochter erfuhr, dass der junge Mann ein Offizier der Volksarmee und Sohn eines alten Kommunisten sei, soll er das einzige Mal in seinem Leben gebrüllt haben. Aber das Mädchen war ganz vernarrt in den Kerl. Da gibst du mir sicher Recht, Roller!" Der nickte, während er das Essen servierte. Die Kartoffelsuppe war schnell warm gemacht und die Bockwurst auch. Ehe er sich über das Essen hermachte, sagte der Bamser: „Sie ist bis heute in den Kerl vernarrt. Der Vater hat schließlich zugestimmt. Er wollte sein einziges Kind nicht verlieren."

Mit vollen Backen kauend ließ der Bamser sich wieder hören: „Ist nicht die erste Romanze, die sich im

‚Panther' abspielte." Der fremde Gast schaute vom Teller auf: „Wie soll ich das verstehen?" Ehe der Bamser, der immer noch den Mund voll hatte, antworten konnte, sagte er zum Wirt hin: „Die Suppe und die Wurst sind ausgezeichnet. Hier lässt sich leben."

Der Bamser hatte hintergekaut: „Wenn Sie das so sagen, ist das für mich so, als ob Sie Zeit haben." Der Fremde nickte ihm aufmunternd zu.

„Auf mich wartet nämlich niemand. Die Kinder sind 'raus und Helga ist mir weggelaufen, weil sie kein Verständnis dafür hat, dass ein Mann beim Bier ernsthafte Gespräche führen will."

Er schob den Teller zurück, trank einen Schluck Bier: „Das, was ich Ihnen nun erzähle, liegt über zweihundert Jahre zurück. Siebenjähriger Krieg. Ist Ihnen ein Begriff?" Der Fremde nickte. „Friede von Hubertusburg auch?" Amüsiert nickte der Schwabe wieder. „Da war der alte Fritz hier in der Gegend. Mein Freund, der Sohn vom Pastor, hat ihn noch gesehen, den Gänsekiel, mit dem der preußische König in Wermsdorf unterschrieben hat. Die Sahrer von Sahrs haben ihn im Dahlener Schloss aufgehoben. Wo er hingekommen ist, weiß keiner. Er, der Sahrer von Sahr, war ein hochnäsiger Typ. Aber sie war eine Dame, zu allen freundlich, auch zu meinem Kumpel und seinen Schulkameraden, die mit ihm jeden Tag nach Wurzen in die Oberschule fuhren, Horst-Wessel-Oberschule, da kriege ich gleich einen Lachkrampf. Ich ging auf die Handelsschule. War nur eine Gastrolle, zwei Jahre. Kurz und gut. Die Jungens waren im Krieg auf dem Schloss und haben sich alles angeguckt. Heute ist nur noch die Fassade da. Ausgebrannt, nachdem sie die

Besitzer vertrieben und so eine Art Fleischerschule daraus gemacht haben. Sozialistische Nahrungsmittel-Ingenieure." Er trank einen Schluck Bier. „Ich will nicht abschweifen. Damals war nicht nur der große König hier zugange. Aus seiner glorreichen Armee waren viele entwichen, gepresste Sachsen zum Beispiel. Die trieben sich in der Gegend herum. Zwischen Sachsendorf und Wäldgen dort" – er machte eine Handbewegung nach Süden hin – „war kein Weibsbild sicher. Die kamen aus dem Forst, selbst am Tage. War ja Winter und zeitig finster.

Damals besaß den ‚Panther' eine Familie Lommatzsch mit einer ebenfalls hübschen Tochter mit Namen Helene. Lenchen Lommatzsch sollte auch einmal sehen, wie es andernorts zuging. So war sie als Haustochter in den ‚Schwarzen Kater' gegangen. War ja nicht weit, der ‚Schwarze Kater' zwischen Meltewitz und Dahlen an der schnurgeraden Straße, an der später Napoleon oder besser die napoleonhörigen Sachsen Pappeln pflanzten. In diesen ‚Schwarzen Kater' ritt Ende Januar 1763 bei leichtem Schneetreiben ein Fähnrich von Kleist ein, einer von den vielen Kleists in preußischen Diensten. Morgens war er von der Pleißenburg abgeritten. In der Tasche hatte er ein Schreiben an den Prinzen Heinrich, den Bruder vom Alten Fritz. Jeder Vernünftige sagt natürlich, dass er die drei Kilometer nach dem Dahlener Schloss doch noch geschafft hätte. Aber sein Gaul war völlig abgetrieben und lahm. Mag Ehrgeiz dabei gewesen sein, wollte beim Rapportieren einen guten Eindruck machen, er samt Pferd. Ehe er ein frisches Pferd mit dem Vorbehalt bestieg, in den nächsten Tagen sein eigenes wiederzuholen, ließ er sich in der Gaststube eine kleine Kanne Bier geben. Sie wurde ihm mit einem Knicks von Lenchen serviert. Es war Liebe auf den ersten Blick. Er verguckte sich in sie und sie verguckte sich in ihn. Plötzlich hatte er es nicht mehr so eilig, obwohl es draußen stockfinster wurde. Er bat die Jungfer, ihm Brot und Schinken zu bringen. Sie tat es und blieb artig in einiger Entfernung stehen, weil sie wissen wollte, ob der Herr Gast noch ein Begehr hatte. Die beiden blieben aber nicht lange allein. Auf dem Hof war ein großes Geschrei zu hören, die Tür wurde aufgestoßen und ein halbes Dutzend marodierender Soldaten drängte herein. Einer fuchtelte mit einer offensichtlich nicht geladenen Pistole herum. Die anderen waren mit Knüppeln bewaffnet. ‚Oh, ein Herr Fähnrich mit einem leckeren Weibsbild‘, rief der Pistolenheld, was die anderen mit meckerndem Gelächter quittierten. Kleist war sofort aufgesprungen und hatte den Degen gezogen. Als die Kerle stutzten, drängte er Lenchen zur Küchentür, hinter der die beiden schnell verschwanden. Lenchen schob den Riegel vor. ‚Wo geht es raus?‘ fragte er. ‚Hier, in den Hof. Ich komme mit.‘ Dort stand das bereits gesattelte Pferd. Er stieg auf und sie nahm seinen helfenden Arm an und sprang vor ihm auf den Sattelrand. Sie verschwanden in der Nacht, als die grölende Bande wieder aus dem Haus kam.

Als sie vielleicht zweihundert Schritt geritten waren und die Verfolger mühelos hinter sich gelassen hatten, fragte er: ‚Was mach ich nun mit ihr?‘ ‚Sie nehmen mich mit zu meiner Tante Guste in Dahlen.‘ ‚Aber jetzt muss ich sie erst einmal vor dem Schnee schützen.‘ Er hielt das Pferd, das in Schritt gefallen war, an und sprang ab. Hinter dem Sattel war eine eingerollte Decke angeschnallt, die er abnahm und ihr hinaufreichte. Sie hüllte sich geschickt ein, er stieg auf und ließ das Pferd laufen.

Am Ortseingang sagte sie: ‚Das dritte Haus ist es.' Als er das Pferd zum Stehen brachte, gab sie ihm einen Kuss: ‚Für die Rettung.' Ehe er darauf reagieren konnte, war sie hinter einem Hoftor verschwunden. Er merkte sich das Gehöft und ritt mit rotem Kopf hinauf zum Schloss. Dort rapportierte er und ließ sich ein Quartier anweisen. Vor einigen Karten spielenden jungen Offizieren schützte er totale Erschöpfung vor, lag aber im Bett noch lange wach. Am nächsten Tag holte er sich seinen Marschbefehl, ritt zu dem Gehöft, wo Lenchen sich ohne Umschweife von ihrer Tante verabschiedete und sich von ihm aufs Pferd nehmen ließ. Das Tier trug sie willig bis zum ‚Schwarzen Kater'. Dort sattelte der Stallknecht dem Fähnrich das eigene Pferd, während Helene in der Küche von der Frau des Wirts hörte, wie es mit dem Überfall weiter gegangen war. Die Leute waren glimpflich davon gekommen, nur der Rauchfang war nun völlig leer und ein Dutzend Flaschen mit gutem Wein hatten die Marodeure auch mitgehen lassen. Als Kleist gerade die Küche betrat, um sich zu verabschieden, sagte Helene, dass sie nun nach dem Schreck nicht mehr bleiben wolle, sondern heim zu ihren Eltern ginge. ‚Arbeit ist da auch genug.' Der Fähnrich, dem wieder eine leichte Röte im Gesicht stand, schlug vor, dass sie zusammen reiten könnten. Das andere Pferd sei noch nicht abgesattelt und ihre Sachen habe sie sicher schnell zusammen gesucht. Das war in der Tat der Fall. Nur eine halbe Stunde später ritten die beiden auf der Straße nach Meltewitz davon. Die Wirtsleute winkten ihnen nach. ‚Da tut sich was', sagte die Wirtin.

Als sie dort drüben anlangten", der Bamser machte eine Handbewegung zum Fenster der Gaststube hin, „hatte es der junge Mann nicht eilig. Während die Eltern Lommatzsch, die den Adligen mit Respekt begrüßt hatten, den Bericht der Tochter anhörten - oft von ‚Ah' und ‚Oh' der Mutter unterbrochen -, ließ sich der Fähnrich den kalten Braten, das Brot und den guten Wein schmecken. Auf das Drängen von Lenchen hin hatte die Mutter aufgetragen, was gerade an Gutschmeckendem da war. Ein Kuchen als Nachspeise, zu dem die Magd einen starken Kaffee brachte, stand für den Soldaten in Reichweite."

„Das bringt mich auf eine Idee", sagte der westliche Zuhörer zum Wirt. „Bringen Sie uns bitte zwei Espresso und zwei Eisbecher." Als daraufhin der Bamser heftig mit dem Kopf schüttelte. „Gut, also einen Espresso, ein Eis und ein Bier."

„Da will ich es nun kurz machen", sagte der Bamser. „Lenchen zeigte ihrem Ritter Haus und Hof. Ob sie da schon auf dem Heuboden etwas länger gebraucht haben, weiß ich nicht. Der junge Mann blieb über Nacht. Er kam oft wieder, auch als er kurz darauf zum Leutnant arriviert war. Das Frühjahr war mild. Man konnte miteinander ausreiten. Nicht jedes Wäldchen liegt im Blickfeld derer, die auf den Feldern arbeiten. Die Schwadron, zu der Kleist gehörte, lag noch bis Ende Mai in Leipzig, um nicht zuletzt dafür zu sorgen, dass das ausgeblutete Sachsen weiter an den armen preußischen Sieger zahlte. Als die Reiter nach Norden abzogen, merkte Lenchen, dass sie schwanger war. Die Eltern versicherten ihr nach dem ersten Aufbrausen, sie wollten gern mit ihr die Schande ertragen. Aber Lenchen stampfte mit dem Fuß auf und sagte: ‚Ich ziehe mit ihm!' Arm war sie nicht, als sie sich nach Potsdam auf den Weg machte, wo sie in einem Viertel für Soldatenfrauen unterkam; denn die Alten hatten ihr genug Wegzehrung mitgegeben. Da starb ein Vierteljahr später der Leutnant von Kleist an den Blattern. Den Jungen, der hier im Dorf bei den Großeltern aufwuchs, hat er nicht mehr zu Gesicht bekommen. Lenchen kam nicht wieder ins Dorf. Zuerst bediente sie in einem Gasthof in Potsdam. Später heiratete sie einen Kneiper in Torgau. Kinder bekam sie von dem nicht."

Der Wirt hatte Espresso, das Eis und neues Bier gebracht. Nun stand er einen Augenblick am Fenster. „Das sind sie doch", sagte er plötzlich sehr laut.

„Wer?", fragten die beiden anderen.

„Die Marika und ihr Mann!" Die Gäste – es war Zugang gewesen, aber nun am frühen Nachmittag waren die zwei wieder die einzigen – stürzten zum Fenster. Über den Platz ging ein Mann und eine Frau.

„Habe ich zuviel versprochen?", fragte der Bamser.

„Sie ist immer noch ein reputierliches Weib." Der Schwabe nickte lächelnd.

„Und er ist in Zivil. Ist also ausgemustert, der Herr Oberst. Das hatte ich noch nicht erzählt. Er ist von einer Truppe zur anderen versetzt worden. Marika ist da immer mitgezogen, quer durch die Republik. Die Rangleiter, wie man so sagt, ist er empor gestiegen. Schließlich war er Oberst in dieser Akademie da in Dresden. Dort wohnen sie schon lange. General ist er nicht geworden. Sein Schwiegervater, der sich mit ihm gut abgefunden hatte, erzählte einmal hinter der vorgehaltenen Hand, dass er sich gelegentlich unbeliebt mache. Er hat wohl zu oft gesagt, dass das nicht der Kommunismus sei, für den sein Vater im KZ gesessen hat. Sei's drum. Nun ist der Herr Oberst in Zivil und die zwei jungen Männer, die hinter dem Paar herkommen, sind die Söhne. Einer von ihnen, der Große, geht aktiv zum Bund. Bisschen verschämt tat sie schon, als sie es im ‚Spar', was früher der Konsum war, erzählte. Ich stand zufällig daneben."

„Du stehst oft zufällig daneben!", meinte der Wirt.

„Na und", sagte der Bamser, während sich der Westler für die Liebesgeschichten bedankte. Er müsse nun endlich wegfahren.

„Gute Fahrt", sagte der Bamser und lachend: „Hätte gar nicht gedacht, dass einer aus dem Westen so gut zuhören kann." Der Schwabe drohte im Hinausgehen mit dem Zeigefinger.

„Na ja", sagte der Bamser zum Wirt hin. „Die sind doch immer so geschäftig, damit sich's rechnet."

Der Gasthof

Er wollte das so: mit dem Zug ankommen.

„Die große Halle! Den Querbahnsteig haben sie schon lange wieder überdacht. Das war alles beim Luftangriff herunter gekommen." Seine Stimme klang belegt. Anita sagte nichts, ließ aber ihre braunen Augen umherwandern, bis sie die Tafeln gefunden hatte, auf denen Ankunft und Abfahrt der Züge aufgelistet waren. Sie zog ihn dorthin.

Doch er wollte nicht. „Lass uns zuerst essen, dort oben im Speisesaal zwischen der Osthalle und der Westhalle."

Sie stiegen die breite Treppe hinauf und suchten sich einen kleinen Tisch am Fenster, das den Blick auf den Bahnhofsvorplatz freigab.

„Hier habe ich mit Hildegund gesessen – es kann auch am Nebentisch gewesen sein – im Frühsommer 61, kurz ehe sie in den Westen kam."

Überrascht sah sie ihn an: „Ich staune, dass du mir das erzählst! Einfach so. Ohne mein Fragen, das du sonst stets abgeblockt hast."

Er lächelte: „Sentimentalität der alten Männer. Konfrontation mit Vergangenem macht geschwätzig."

„Kokettiere nicht mit deinem Alter. Ein wenig redseliger könntest du schon sein." Nun wurde er wieder steif wie so oft. Kurz angebunden kam es heraus: „Mit dem Hausbau in Heilsbronn und dann mit dir hat etwas ganz Neues begonnen. Muss ich dir das jeden Tag sagen? Genug, dass ich mich auf diese Reise eingelassen habe."

Ein serviler Ober bediente sie. Grüne Klöße zum Sauerbraten. „So wie meine Mutter können sie es nicht. Massenware!"

Aber das Radeberger schmeckte ihm. Nach einem Espresso war es so weit, dass wieder ein Zug fuhr, der sie in die alte Stadt mit dem Dom brachte, wo er vorsorglich ein Zimmer in jenem Hotel nahe am Bahnhof bestellt hatte. Beim Abendessen im Restaurant stellte er fest: „Abgenutzt ist der Raum, aber dadurch für mich erinnerungsträchtig. Manchmal, wenn nach einem Luftangriff der Zug, der mich heimbringen sollte, nicht kam, haben wir an einem Tisch Skat gespielt und Limonade getrunken. Die Stühle sind neu."

Als sie zu Bett gegangen waren, lag er lange wach. Die tiefen Atemzüge Anitas nahm er nicht mehr wahr. Er lauschte durch das halboffene Fenster auf das Geräusch der einlaufenden Züge, die nach kurzem Halt den Bahnhof wieder verließen. Von den durchfahrenden Fernzügen kam scharfes Rütteln herüber. Früher habe ich Güterzüge am Geräusch erkannt, überlegte er schon im Einschlafen.

Am nächsten Morgen ließ er sich beim Frühstück Zeit, aber Anita wurde ungeduldig. Sie bestellte am Büffet ein Taxi, das die beiden in einer viertel Stunde vor das Haus des Lehrers brachte. Max Wetzel, Oberlehrer und Kantor, stand am Gartentor. Sie klingelten und brauchten nicht lange zu warten. Mit schnellen Schritten kam der alte Mann von der Haustür her auf sie zu: „Arno Rübenstock! Manchen erkennt man wieder. Aber ich gebe zu, dass Sie es mir leicht gemacht haben, weil Sie sich anmeldeten. Dann ist das sicher Ihre Frau?!" Er öffnete das Tor unter dem

Rosenbogen und gab dem Paar die Hand. „Wir wollen Ihnen aber nicht zur Last fallen", sagte Anita. „Ach was!" Er wischte mit der Hand durch die Luft. „Ich freue mich immer, wenn ehemalige Schüler mich besuchen. Meine Frau auch. Nur, dass sie schwer hört. Sie kommt mit keinem Hörgerät zurecht."

Das große Wohnzimmer, in das er die Gäste führte, öffnete sich an der Hinterfront des Hauses nach dem Garten hin. Von einem Blumenbeet her kam die Frau des Kantors durch die Glastür herein und fragte überlaut, aber in freundlichem Ton: „Soll ich etwas zu trinken bringen?" Er trat neben sie und sagte: „Ja, bring bitte Kaffee."

Die beiden nahmen auf seine Aufforderung hin in den altmodischen, großen Ledersesseln Platz, während er selbst sich auf ein kleines Sofa hinter einen niedrigen Tisch setzte.

„Ich habe nie richtig verstanden, worum es eigentlich ging, als Sie, Arno, damals Ende der vierziger Jahre fluchtartig das Dorf verlassen mussten."

„Lassen wir das ruhen, Herr Oberlehrer. Nur soviel dazu: Es gab doch diesen ersten Zweijahresplan zum Aufbau der Wirtschaft in der Ostzone von 1948 bis 1950. Man wollte, dass möglichst bald die Fleischversorgung der Bevölkerung besser wurde. Also wurden Futtermittel zur Verfügung gestellt, mit denen auch Privatleute ohne größeren Landbesitz Schweine mästen konnten. Die im Aufbau befindlichen staatlichen Verwaltungen regelten das durch die Möglichkeit sogenannte Mastverträge abzuschließen. Vielleicht erinnern Sie sich?" Der Oberlehrer nickte.

„Ich gebe zu, dass ich diese Verträge manipuliert habe, um möglichst viele Schweine verkaufen zu können. Es wäre wahrscheinlich gut gegangen, wenn ich nicht Neider gehabt hätte. An die sogenannte Volkskontrolle, die mir auf den Hals gehetzt wurde, darf ich nicht denken, sonst eskaliert mein Blutdruck." Er machte eine wegwerfende Handbewegung. „Das ist der Schnee von gestern. Jedenfalls hielt ich es für gut, über Nacht zu verschwinden. Mein Handelsschulabschluss mit anschließender guter Lehrzeit beim Landwirtschaftlichen Verein bewährte sich damals im Westen. Ich bekam sofort Arbeit, wohl auch, weil noch viele Fachleute in Gefangenschaft waren. Zuerst war ich beim Raiffeisen und jetzt bin ich in guter Position bei einer großen Versicherung." Kantor Wetzel nickte. „Also daher Ihr Interesse für den Landwirtschaftlichen Verein, von dem Sie mir geschrieben haben."

Die Frau brachte den Kaffee, den sie in große Meissner Tassen mit Blumen- und Insektendekor einschenkte. Anita bedankte sich und sagte etwas zum kostbaren Porzellan.

„Sie müssen lauter reden", sagte der Oberlehrer und dann mit erhobener Stimme: „Frau Rübenstock bewundert dein Porzellan." Sie strahlte die Besucher an: „Nicht wahr, die Tassen sind schön? Ich habe sie von meiner Tante Lene geerbt. Jetzt will ich aber wieder in die Küche. Ich koche uns ein Mittagessen."

„Das wollen wir nicht", sagten die Gäste zugleich.
„Lassen Sie das ruhig zu. Sie hat ihre Freude daran. Doch kommen wir wieder zu dem, was Sie mir geschrieben haben. Sie wollen Näheres wissen vom Landwirtschaftlichen Verein und vom Gasthof, in dem er gegründet wurde, wie Sie und viele andere meinen. Wir kommen darauf zurück." Er wandte sich Anita zu: „Ich kenne das. Wenn meine ehemaligen Schüler älter

werden, zieht es sie zu ihren Ursprüngen. Sie wollen wissen, wie es wirklich war. Ich frage mich dann, ob der erwachsene Mensch, der sogenannte Historiker zumal, näher dran ist an dem, was wirklich war und ist. Konkret kann man am ehesten werden, wenn man von Personen erzählt. Also berichte ich vom Leben des Albrecht Eulitz, der Eierbirne."

„Der Großvater meiner ersten Frau", fiel ihm Arno Rübenstock ins Wort. „Weiß ich, weiß ich", sagte der Oberlehrer und setzte mit ironischem Unterton dazu: „Also wissen Sie Bescheid?"

„Eben nicht", sagte Rübenstock. „Es wurde in der Familie kaum von ihm gesprochen, was wohl von seinem selbstgewählten Tod und den Umständen her zu erklären ist. Von Onkel Karls Existenz erfuhr ich nur zufällig."

„Dabei ist das Leben von Albrecht Eulitz nach vielen Seiten hin bemerkenswert. Sicher war er ein guter Landwirt, aber eben kein Bauer vom alten Schrot und Korn, um diese Redensart aufzugreifen. Er war fortschrittlich im guten Sinne nicht nur, weil er aus einem Jahrhundert kam, das sich den Fortschritt auf die Fahnen geschrieben hatte. Ehe ich zu seinen Verdiensten um den Landwirtschaftlichen Verein komme, sei festgestellt, dass das Dorf ihm den Haltepunkt verdankt. Beim Bau der Eisenbahn 1839 dachte man gar nicht daran, kurz vor dem nächsten Bahnhof nochmals einen weiteren Halt einzurichten. Auch hier hat er wie oft gekämpft und gesiegt. Auf die Verbindung mit der Schiene hin zur Großstadt hat er sich sofort eingerichtet, als er – ein junger Mann noch – den Hof vom früh verstorbenen Vater übernahm. Das Haus in Radebeul, das sich der Vater als Ruhesitz erworben hatte, verkaufte er und schaffte Maschinen an. Er besaß den ersten Grasmäher in der Gemeinde und darüber hinaus. Wir kommen darauf zurück, wozu er diese Maschine auch brauchte, nicht nur um auf den Wiesen und Feldern die Sensen und damit viele Arbeitskräfte überflüssig zu machen. Von der Technik war er so angetan, dass er andere Bauern in unserem kleinen Dorf begeistern konnte. Ein gemeinsamer Landmaschinenpark wurde eingerichtet. Er, Albrecht Eulitz, hatte auch Widerstrebende überzeugt. So brachte er später wieder selbstbewusste, vielleicht sture Landwirte dazu, dass sie sich zum gemeinsamen Nutzen zusammenschlossen. Die ersten zwei Binder, amerikanisches Fabrikat, liefen hier und brachten deutlich spürbare Arbeitserleichterung. Auf der Leipziger Messe hatte er die Neuheit bestellt. Mit einem Dampfpflug hat er auch einmal experimentiert, aber dann doch eine große Anzahl dreischariger Schalpflüge mit traditioneller Pferdebespannung angeschafft. Sie waren für unsere leichten Böden ausreichend. Auf seinem Hof ließ er sich stets Neues einfallen. Von seinen Erfolgen beim Petersilienanbau in den siebziger Jahren wurde in der ganzen Pflege erzählt. Es gab schon Untersuchungen zur Bodenqualität im Labor. Das nutzte er, verließ sich aber nicht allein darauf, wie hoch er auch die Wissenschaft schätzte. Er probierte praktisch auf seinen Äckern aus, wo für das Würzgemüse die günstigsten Bedingungen waren und säte dort einen großen Schlag ein, den er in mühseliger Kleinarbeit unkrautfrei halten ließ. Als die Stängel lang genug waren, fuhr er selbst zur Zeit des Sonnenaufgangs mit dem Grasmäher, den er bodennah eingestellt hatte, hinaus. Vorsichtig mit den ruhigsten Pferden, die in seinem Stall standen, legte er von einem breiten Feldrand her die Saatreihen um, die sofort von Frauen aufgenommen und handlich gebündelt wurden. Drei dieser Frauen mit großen Kiepen voller Petersilie brachte er an den ersten Zug. Im Wagen vierter Klasse fuhren sie in die Großstadt, wo die wortwörtlich taufrische Ware in der Markthalle abging, dass schon der Mittagszug die Frauen mit gefüllter Geldkatze zurückbrachte.

Seine als junger Mann erworbene Autorität nutzte Eulitz auch bei der Gründung des Landwirtschaftlichen Vereins, die allerdings nicht nur auf sein Betreiben hin zustande kam. Auch Bauern aus dem Kirchdorf wie Risse, Edelmann, Ritter und Ebert, die Elephantenjäger, waren treibende Kräfte. Nun denkt jeder dort im Kirchdorf, dessen Name der Verein führte, sei die Gründung erfolgt. Das stimmt nicht. Die erste Zusammenkunft war in Körlitz!" Er lächelte: „Manchmal bekommt der kleine Ortschronist etwas heraus, was die Wissenschaftler vernachlässigt haben. Die große Versammlung war 1876 allerdings drüben im Gasthof. Ich meine, wir sollten nach dem Essen unseren Verdauungsspaziergang zur historischen Stätte machen?!"

„Angenommen", sagte Arno Rübenstock. „Doch vorher will ich die ganze Geschichte von Albrecht Eulitz hören."

„Muss es sein? Schön ist der Fortgang der Ereignisse späterhin nicht. Zuerst ist von dem Riesenerfolg der Gründung des Landwirtschaftlichen Vereins zu berichten. Nach kurzer Zeit hatten sich die Bauern aus 116 Orten angeschlossen. Der Handel mit den Mitgliedern und der Bevölkerung florierte. Dünger und

Saatgut wurde billig in großen Mengen angekauft und konnte deshalb preisgünstig abgegeben werden. Bis in unsere Tage hinein wurde davon erzählt, wie der alte Edelmann große Mengen Stickstoffdünger erstand und sofort noch mit der Hand aus der Blechmulde verstreute. Die Saat an den Randstücken verbrannte. Auf dem Acker aber standen die Halme blau fast schwarz. Glück war auch dabei, dass kein schlimmes Gewitter das Getreide zum Lager zusammendrosch. Er heimste eine Rekordernte ein, wie man sie in unserer Gegend nicht kannte. – Kommen wir auf Albrecht Eulitz zurück. Die Erfolge des Landwirtschaftlichen Vereins machten ihn zusammen mit seinem eigenen wachsenden Wohlstand zum geachteten Mann. Neider gibt es immer. Ihm machten sie wenig zu schaffen. Sein freundliches Wesen überzeugte, bei böser Nachrede konnte er weghören.

Das war sein Leben, an dem auch Krieg und Inflation nicht viel geändert hatten, bis zu jenem Tag im September 1924.

Mit dem Frühzug aus Dresden kam sein Sohn und setzte sich zum morgendlichen Kaffee, als ob das selbstverständlich wäre. Die Frau von Albrecht Eulitz, die Großmutter Ihrer ersten Frau, war ja früh verstorben, und seine Tochter, wie sie nur zu gut wissen, als Gastwirtin stark beansprucht. Der Sohn - wie allgemein erzählt wurde - war in verantwortungsvoller Position bei einer Versicherung in der Landeshauptstadt. So saß Eulitz tagtäglich mit seinen Leuten, die er aus der Gesindestube in die große Küche geholt hatte, ohne Familie am Tisch. In der Frühstücksrunde an diesem Herbsttag waren alle verstummt. Der Sohn, der zulangte, als ob er wochenlang nichts gegessen hatte, sagte nichts. Und sein Vater sagte nach der kurzen Begrüßung auch nichts. Nach dem Frühstück musste die Arbeit eingeteilt werden, so dass wieder keine Zeit zum Reden war. Als die Frauen für die Feldarbeit mit dem Schirrmeister den Hof verließen, kam ihnen unter dem Tor schon der Polizist entgegen. Karl Eulitz wurde verhaftet.

Der Schutzmann, wie man damals sagte, versprach dem vor Schreck verstummten Großvater Ihrer Frau, dass er nach der Übergabe des Gefangenen an die Kriminalpolizei zurückkäme, um vom Verdacht zu berichten, der zur Verhaftung geführt habe. So erfuhr Albrecht Eulitz am Nachmittag die für ihn unfassbar schreckliche Geschichte. Sein Sohn, der auf der Schule in der Stadt nicht gut getan hatte – es waren da schon Frauengeschichten, auch Schuldenmacherei im Spiel – war von ihm in Dresden zur Ausbildung bei einer großen Versicherung untergebracht worden. Verbindung dorthin hatte Albrecht Eulitz, weil die Hagel- und Brandversicherung der Bauern auf den Höfen der Pflege meist über dieses Unternehmen lief. Im Laufe der Zeit hatte sich Karl Eulitz in eine gute Stellung hochgedient, heiratete eine Dresdnerin, mit der er eine Tochter hatte..."

„Zu dieser viel älteren Cousine meiner Frau habe ich die Verbindung völlig verloren", fiel ihm Arno Rübenstock ins Wort. „Entschuldigen Sie die Unterbrechung und sprechen Sie bitte weiter."

„Sie, die Cousine ihrer Frau, soll noch in Coswig wohnen. Kommen wir auf ihren Vater zurück. Karl Eulitz überstand den ersten Krieg in der Etappe in Belgien, wo er Chef eines Offizierscasinos gewesen sein soll. Von den Schiebergeschäften, die man ihm in dieser Zeit nachsagte, profitierten jedenfalls nicht seine Frau und seine Tochter, die in den Hungerjahren von seinem Vater durchgefüttert wurden. Sie waren oft im Dorf. Nach Kriegsende, als die Familie wieder beieinander war, hörten die Besuche bei Albrecht Eulitz auf. Er litt sicher darunter, ließ es sich aber nicht anmerken, auch hielt ihn das Alltägliche in Trab. So wusste er nicht, dass sein Sohn eine Geliebte hatte. Es war die Tochter eines Beamten aus dem vormaligen königlichen Hofmeisteramt, der durch Geschenke fürstlicher Gäste der Wettiner ein wohlhabender Mann geworden war. Mit diesem Luder zog Karl Eulitz in der Inflationszeit durch die Bars, zuerst auf seine und dann auf ihre Kosten. Sie soll ihren Vater bestohlen haben, als er ihr für ihre Eskapaden nichts mehr gab. Die beiden lebten – wie damals viele Leute – in den Tag hinein, bis sie merkte, dass sie schwanger war. Nun wollte sie, wovon vorher keine Rede war, heiraten, und Karl Eulitz sollte sich deshalb scheiden lassen. Er widersetzte sich dem entschieden. Sie drohte ihm in einer scharfen Auseinandersetzung damit, seinen Vater aufzusuchen. Diese Drohung machte sie wahr, kam aber nicht bei Albrecht Eulitz an. Drei Tage nach ihrem Verschwinden aus Dresden fanden Pilzsucher die Leiche der jungen Frau im Wald nicht weit von der nächsten Bahnstation. Sie war offensichtlich nicht bis zu unserem Haltepunkt gefahren. Den Grund hätte sicher Karl Eulitz nennen können. Trotz fehlendem Alibi schwieg er hartnäckig. Auf Grund der Indizienbeweise wurde er zu 15 Jahren Zuchthaus verurteilt. Er musste sie voll absitzen und hat seine Entlassung, wie Sie wissen, nicht lange überlebt. Sein

Vater meinte die Schande nicht ertragen zu können. Er legte sich nicht weit von unserem Haltepunkt auf die Schienen, als der D-Zug kam."

Der Oberlehrer schwieg. „So genau habe ich das alles nicht gewusst", sagte Arno Rübenstock. Wieder lag bleierne Stille zwischen den drei Personen. Nur von der Küche her hörten sie Töpfe klappern.

„Das ist das Zeichen, dass es bald zu essen gibt", sagte endlich Kantor Wetzel. Dem war so. Es gab Salzkartoffeln mit Salat und Spiegelei.

„Alles aus eigenem Anbau", sagte laut der Kantor und seine Frau strahlte dabei. Nach dem Essen brachte sie ein Kännchen Mokka: „Zur Aufmunterung, damit der Weg leichter wird." Die Gäste dankten ihr und verließen mit ihrem Mann das Haus. Der Weg zum Kirchdorf führte über die Eisenbahnbrücke. Sie blieben stehen und Arno Rübenstock ließ den Blick wandern, zuerst die Bahngleise entlang, die schnurgerade nach Osten durch die Ebene liefen und auf denen Albrecht Eulitz seinen Tod gefunden hatte.

„Nur noch große Schläge", sagte er und wies auf die sattgrünen Felder zu beiden Seiten des Bahndamms.

„Alles weggepflügt, die Feldraine und die Wege auch", bestätigte Kantor Wetzel. „Aber die Wäldchen zwischen den Äckern sind wenigstens nicht abgeholzt worden. Im Forst hatten wir viele kahle Flächen durch Einschlag und Brände. Aber oft schließen sich solche Wunden, bald selbst dort, wo der Mensch nicht ausreichend Neupflanzungen schafft."

Arno Rübenstock war mit seinen Augen und Gedanken wieder auf den Feldern: „Vor so einem großen Schlag Kartoffeln dort drüben zwischen der Bahnstrecke und der Staatsstraße hätte ich Angst. Wer soll das alles rechtzeitig abernten?" Kantor Wetzel lachte: „Wenn nur ein paar Tage lang trockenes Wetter ist, frisst die Vollerntemaschine alles weg. Es ist schon erheiternd, dass ich Sie als den Jüngeren auf den Fortschritt aufmerksam machen muss."

„Gehen wir weiter", sagte Arno Rübenstock, blieb aber plötzlich an der Stelle wieder stehen, wo der aufgeschüttete Damm für die Eisenbahnbrücke im flachen Land verlief.

„Dort drüben auf dem Stück, das damals Eberts gehörte, hat der „Elephant" gestanden."

„Es gehört wieder Eberts, aber er hat es verpachtet. Als Wiedereinrichter würde er es nicht mehr schaffen. – Ich habe übrigens damals das Monster aus Wellpappe auch auf dem Acker stehen sehen, als ich zur Schule wanderte."

„Da hatten sich die Städter etwas einfallen lassen. Zum fünfzigsten Jahrestag der Elephantenjagd schleppten sie ihr Machwerk heran und stellten es auf den Acker von Eberts. Mantus, der Elephantenschütze, hoch an Jahren, lebte noch. Mit einem Osterjungen holte der Schirrmeister das Vieh auf einem Mistwagen und kippte es erst einmal in den Vorgarten vor die Auszugswohnung, damit Mantus sich ärgern sollte. Mantus war in seiner besten Zeit ein Leuteschinder. Das wusste der Schirrmeister."

Sie liefen weiter ins Dorf hinein, als der Oberlehrer fragte: „Ich möchte nicht aufdringlich sein. Nehmen Sie bitte meine Frage so, wie sie gemeint ist, als ein Zeichen der Anteilnahme. Ihre erste Frau war ja meine Schülerin. Woran ist sie so früh gestorben?" Arno Rübenstock sah im Weitergehen am Oberlehrer vorbei in die Ferne hinter den Feldern:

„Am gebrochenen Herzen. So kann man es kurz sagen. Natürlich hatte sie von Kindheit an einen Herzfehler. Aber als sie kurz vor dem Mauerbau auf meine Bitte hin nach dem Westen kam und wir heirateten, verschlimmerte sich ihr Zustand. Die Trennung von der Mutter machte ihr zu schaffen. Die totale Trennung im August 61 ging über ihre Kräfte. Sie war, wie man zynisch feststellte, illegal aus der DDR ausgereist. Deshalb durfte sie die Mutter im Osten nicht besuchen und ihre Mutter durfte nicht nach dem Westen reisen. Sie kennen das. Es war kein Einzelfall. Als ihre Mutter Anfang 1963 unerwartet starb, gab man ihr selbst für die Beerdigung keine Einreise. Es war schrecklich, auch für mich. Kurz danach kam der Herzinfarkt, von dem sie sich nicht mehr erholte." Der Oberlehrer blieb stehen und suchte Arno Rübenstocks Hand. Dann liefen sie schweigend weiter. Kurz vor dem Gasthof trafen sie den Bamser. „Was sich jetzt so alles im Dorf sehen lässt!", sagte er, nachdem er den Oberlehrer ehrerbietig gegrüßt hatte.

„Und das ist sicher deine Frau?", er wandte sich an Anita. „Willkommen in seiner Heimat!", dazu machte er eine übertriebene Verbeugung. Die Drei wurden ihn nicht wieder los. Er steuerte in der Gaststube zuerst auf einen Tisch zu, setzte sich aber nicht, als der Oberlehrer den Wirt um den Schlüssel für den Saal bat. Dort angekommen stellte er sich mitten auf die Tanzfläche, sah Anita vielsagend an und ließ mit Marktschreierstimme vernehmen: „Hier, an dieser historischen Stätte, hat Arno Rübenstock die Mädchen des Dorfes ... was sage ich ... die Mädchen aller Dörfer unserer Pflege mit seinem Charme, dem keine zu widerstehen vermochte ..." „Hör auf!", rief Arno

Rübenstock, „es reicht!" Er wandte sich an den Oberlehrer: „Wenn schon historische Stätte, sollten bitte Sie etwas dazu sagen." Der Oberlehrer hatte einen besonderen Ton in der Stimme: „Das ist der Ort, an dem freie Bauern nach vielem Miteinanderreden und dem Überwinden allen Eigensinns endgültig zum gemeinsamen Wohl sich zusammenschlossen. Das war eine wahre Genossenschaft ... im 19. Jahrhundert."

Das weiße Haus

„Hier muss auch etwas passieren!", sagte Bernhard Forschmann, als er auf dem Markt aus seinem BMW ausstieg. Der Bamser stand gerade neben dem Elephanten und hatte so seine Betrachtung, dass der nur Wasser speit.

„Was denn?", fragte er in sanftem Ton, denn er spekulierte auf Freihalten. „Was soll denn passieren, Bernhard?"

„Das Zementding genügt nicht. Ich werde eine Bronzefigur gießen lassen."

„Wenn dann Wein 'rauskommt statt Wasser, soll's mir Recht sein", lachte der Bamser. „Aber Mucker-Hannes wird da ein Wörtchen mitreden wollen. Und wie ich die Lage einschätze, hängen sich auch noch andere 'rein."

„Mucker-Hannes hin, Mucker-Hannes her! Keiner wird das, was er geleistet hat, schlecht machen wollen. Aber er ist schließlich kein Künstler. Allenfalls ein besonders geschickter Handwerker."

„Na ja. Ist aber schließlich sein Freiheitsdenkmal."

„Was heißt hier Freiheitsdenkmal?!"

„Das könnte ich dir schon erklären. Nur ist mir hier die Herumsteherei zu ungemütlich."

„Ich würde dich ja mit hinausnehmen in mein „Café am Heiderand". Es ist aber noch nicht eröffnet. Wegen des Pachtvertrages wollte ich gerade zum Notar. Eh' das hier alles zum Laufen kommt! Es ist zum Mäusemelken."

„Hab' schon gehört, wie schön das Nest ist, das du für den Pächter gemacht hast!" Das klang ein wenig scheinheilig, aber Bernhard Forschmann überhörte den Ton.

„Man muss investieren. Ist doch schließlich Familienbesitz, den ich rechtmäßig zurückbekommen habe."

„Dein Onkel hatte als Objektleiter von der HO die „Waldgaststätte Forschmann" ganz schön vergammeln lassen."

„Hör' mir auf mit meinem Onkel. Seit seinem Tod vor vier Jahren war dann gar nichts mehr. Die Fenster und Türen mussten provisorisch zugesetzt werden. Kostete mich schon mein gutes Geld."

„An das letzte Bier, das ich dort getrunken habe, erinnere ich mich noch. Schlecht gezapft. Teichwasser mit Blasen. Der Italiener, den du angeschleppt hast, der wird's hoffentlich richten."

„Denke schon. An mir liegt es nicht. Aber kommen wir auf Hannes zurück. Gehen wir eben in den Gasthof. Ich zahl' dir ein Bier."

Die Gaststube war leer. Nachdem er das große Bier und eine Cola gebracht hatte, verschwand der Wirt wieder. Er hätte in der Küche zu tun. Der Bamser kratzte sich hinterm Ohr: „Du kennst den alten Mucker noch und auch seine Frau, die Anna. Sind noch nicht lange tot. Ordentliche Leute, alte SPDer, gegen die Nazis und ein paar Mal am KZ vorbeigeschlittert. Das Haus, das sie sich gebaut hatten, zwei Stockwerke außer den Dachkammern, kennst du auch."

„Ja, ja. Komm schon zur Sache."

„An deiner Stelle würde ich mir das Haus jetzt einmal ansehen, wenn du zufällig zum anderen Dorfende hinausfährst. Lass dort den Bleifuß vom Gas. Schmuck. Wir nennen es das weiße Haus. Das hat er auch geschafft, der Hannes. Er wohnt nun im Erdgeschoss und seine Älteste mit ihrer Familie im ersten Stock. Anfang der sechziger Jahre war alles anders. Der alte Mucker hatte, nachdem die schlesischen Flüchtlinge in die Stadt gezogen waren, den Polizisten Erwin Machulke - kam auch aus dem Osten, mit Frau und zwei Kindern, Mädchen, gingen dazumal noch in die Schule - in die erste Etage genommen. Da wurde Brunhilde von Hannes schwanger. Als sie im siebten Monat war, haben sie schnell geheiratet und sind in die Dachstuben gezogen. Gekocht und gewaschen wurde unten. War manchmal nicht einfach. Anna hatte auch ihren Kopf für sich. Wäre vielleicht doch gut gegangen mit der Zeit, wenn nicht Brunhilde so fruchtbar gewesen wäre. Jedes Jahr kam ein Kind gepurzelt, bis schließlich vier Bälger sich kampelten und oft um die Wette schrien. In den Kammern oben unter dem Dach stand Bett an Bett. Aber der Polizist dachte nicht ans Ausziehen, nicht im Guten und nicht im Bösen. Er redete einfach nicht mehr mit Mucker. Er wich ihm aus. Im Dorf sagte Erwin Machulke: „Was kann ich dafür, wenn die hecken wie die Karnickel." Der Bamser sah nachdenklich zum Fenster hinaus.

„Ich muss erst noch ein Bier haben. Meine Spucke wird alle."

"Na gut", sagte Forschmann und rief nach dem Wirt, der noch ein großes Pilsner brachte.

„Das stärkt", sagte der Bamser und wischte sich den Schaum vom Mund. „Wo war ich stehen geblieben? Ach ja, ich wollte von dem großen Krach erzählen, der dann Hannes in den Knast brachte. Mucker flaggte nicht mehr, auch nicht zum 1. Mai, obwohl ihn das wurmte, die verblichene rote Fahne nicht mehr hinauszuhängen, die nie durch ein Hakenkreuz verunstaltet worden war. Dafür hatte sich sein Mieter ein Transparent einfallen lassen.

‚Es lebe der 1.Mai' stand auf dem roten Fetzen. Die Machulken hielt das Ding an dem einen Fenster, während er an einem anderen schon mit Hammer und Nägeln hantierte. Als der erste Putz zwischen den Staketen und dem Weinlaub hindurch in den Garten polterte, schoss Mucker aus der Haustür heraus und schrie: ‚Was machst du Fressgenosse mit meinem Haus?' Der ‚Fressgenosse' machte im Dorf natürlich die Runde und auch das, dass Mucker nur von ‚Brotkorbbuch' sprach, wenn er des Polizisten Parteibuch meinte. Als Mucker nochmals geschrieen hatte: ‚Was machst du mit meinem Haus?', schrie Machulke zurück: ‚Das geht dich gar nichts an.' Nun verlangte Mucker: ‚Sofort machst du das Ding wieder ab! Ich bin hier der Hauswirt!" Es kam keine Antwort. Machulke lachte nur.

Mucker rief seine Anna heraus und schimpfte mit ihr zusammen weiter, als die Machulken hinter der Gardine hervorkam und den beiden die Zunge heraus steckte. ‚Das war eine Injurie', rechtfertigte Alfons Mucker sich dann bei der Partei, weil er doch die Leiter geholt hatte und das Transparent, das die Machulkes von oben krampfhaft festhielten, in Fetzen heruntergerissen hatte. Dabei fiel Alfons ins Rosenbeet und brach seinen Stolz, die ‚Maréchal Niel' ab, die so gut angesetzt hatte. Auf die Frage der Frau, ob er sich etwas gebrochen hätte, antwortete er nur ärgerlich: ‚Unsinn!'. Die Machulken lachte von oben herab. Er, der Polizist, aber stürzte an dem Ehepaar vorbei und schnaufte: ‚Das ist Beleidigung der Arbeiter- und

Bauernmacht. Ich unternehme etwas.' ‚Lass dich nicht aufhalten', rief Mucker hinter ihm her.

Nun waren an dem Tag Städter aus der großen Fabrik ins Dorf gekommen, Betriebskampfgruppe. Mit ihren grauen Klamotten standen sie hier auf dem Platz herum. Damals stand das Denkmal für die Gefallenen des ersten Krieges noch dort. Du erinnerst dich doch?" Forschmann nickte: „Das haben sie kurz danach einfach zerkloppt, wie mir mein Onkel geschrieben hat. Sein Bruder, auch ein Onkel von mir, stand mit dran." „Vorher hatten sie dem knienden Jüngling oben drauf schon was am Kopf gemacht. Ein Steinmetz musste ihm kurz nach dem Krieg den Stahlhelm wegmeißeln, wie du sicher auch noch weißt. Die von der Kampfgruppe mit ihren grauen Uniformen hatten den Stahlhelm wieder mindestens an der Seite baumeln. Einige hielten Maschinenpistolen mit beiden Händen vor der Brust und machten kämpferische Gesichter. Andere lutschten gelangweilt saure Bonbons.

Der Ortspolizist stürzte auf die kleine Gruppe zu, die abseits stand. Dort trugen sie Pistolen am Koppel. Sie hörten aufmerksam zu, als ihnen Machulke erklärte, dass sich unter der Maske eines alten Genossen der Klassenfeind im Dorf verbirgt. Sie sagten: ‚Wir sind wachsam', und fünf Mann gingen sofort mit. Alfons stand noch im Vorgarten bei seiner demolierten Rose. So konnte die Diskussion beginnen. Es kamen immer mehr von den Grauen dazu und wollten wissen, was hier liefe und ob die Übung vielleicht ausfiele und ob sie zurückfahren könnten, weil sie einen Kleingarten hätten und da sei im Frühjahr viel zu tun. Das wollte der, den sie ‚Kommandant' nannten, nicht hören. ‚Hier ist jetzt die Front!', sagte er.

Alfons hielt sich tapfer. Als nun Hannes von der Schicht kam, wollte er zuerst an der Gruppe einfach vorbei gehen; denn er hatte Hunger. Weil er nicht im Betrieb aß, wusste seine Frau, dass das Essen auf dem Tisch stehen musste, wenn er von Arbeit kam. Es war dann auch kein gutes Diskutieren mit ihm, wie die Städter bald merkten. So ein alter Fuchs wie sein Vater, der ein Leben voller Parteistreitigkeiten auf dem Buckel hatte, war er sowieso nicht.

Die Auseinandersetzung wurde schärfer. Gerade hatte Hannes gesagt, dass es Leute gäbe, die lieber in der Gegend herumlungerten als anständige Arbeit zu leisten, machte Brunhilde das Küchenfenster auf und rief: ‚Mann komm essen!'

‚Ich kann nicht', brüllte er zurück, dass jeder dachte, seine Frau sei schwerhörig. ‚Bring mir 'was 'raus!'

Der, den die anderen mit ‚Kommandant' anredeten, war bei der Beleidigung der bewaffneten Macht der Arbeiter und Bauern angekommen. Hannes hatte nun seinen Teller mit Nudeln auf dem Schoß, hockte auf dem Brunnenrand und fand unterm Löffeln seine Ruhe wenigstens soweit wieder, dass er den Mann erst einmal reden ließ. Das Folgende ging so schnell, dass später keiner mehr so richtig wusste, was passiert war. Auch beim Prozess war das nicht heraus zu bekommen. Ob nun der ‚Kommandant' Hannes wirklich den Löffel aus der Hand nahm oder nur eine schnelle Bewegung machte, die Hannes als Zudringlichkeit auffasste, Tatsche ist, dass Hannes plötzlich den leeren Teller in der Hand und der ‚Kommandant' die Nudeln im Gesicht hatte. Langsam kleckerte das Zeug an dem Mann herunter auf die Steine rings um die Plumpe. Auch von den Leuten in Uniform mussten etliche lachen, was nicht gerade zur Beruhigung des ‚Kommandanten' beitrug. Rot im Gesicht brüllte der: ‚Verhaften!', und die Grauen nahmen Hannes mit. Es half auch nichts, dass die weinende Anna mit einem nassen Waschlappen hinter dem ‚Kommandanten' herstürzte und versuchte, ihm die Uniform abzuputzen. Wie ein lästiges Insekt wehrte er sie ab. Das Gesicht wischte er sich mit dem Taschentuch ab."

„Was war dann?", wollte Bernhard Forschmann wissen.

„Drei Jahre hat er gekriegt. Der Richter war kein scharfer. Er hat sich wohl auch sein Teil gedacht. Die Zeugenaussage der Nachbarn – Hummitzsch's, die rechts daneben wohnen – war gut, kam aber mehr dem Alten zugute, der auch angeklagt war. Er bekam eine Geldstrafe. Zuerst wollte er nicht zahlen, sondern die Ausreise beantragen, blieb dann aber doch hier. ‚Wegen dem schönen Haus', sagte er. Ein Erfolg war ja, dass nun der Polizist eine andere Wohnung bekam."

„Du hast gemerkt, wie mich das alles interessiert hat. Jetzt muss ich aber endlich in die Stadt fahren. Hier hast du Geld. Zahle beim Wirt. Und könntest du das schaffen, dass Hannes heute Abend hier ist? Ich möchte mit ihm reden."

„Ich denke schon, dass sich das einrichten lässt. Er ist auch Vorruheständler."

„Also dann bis heute Abend."

Als Forschmann die Tür der Gaststätte hinter sich zugemacht hatte, murmelte der Bamser vor sich hin: „Ein Unruhegeist." Dann zahlte er beim Wirt in der Küche und machte sich auf den Weg.

Abends saßen sie tatsächlich schon an einem Tisch in der Ecke der Gaststube, der Bamser und Hannes, als

Forschmann kam. Hannes stand auf und sagte: „Mensch, Bernhard. Dich hätte ich auf der Straße auch nicht mehr erkannt."

Forschmann bestellte sich Bratkartoffeln und hausgemachte Sülze bei Hans Roller. „Wollt ihr auch etwas essen?", fragte er. „Da lass ich mich nicht lange nötigen", sagte der Bamser und Hannes wollte auch eine Sülze.

„Muss ja kein Teller Nudeln sein!", lachte Forschmann. „Da habe ich eine Zeitlang nicht darüber lachen können", meinte Hannes. Forschmann wurde ernst: „Als mir das so der Bamser erzählt hat, habe ich nachgedacht, ob wohl immer die Richtigen das Bundesverdienstkreuz kriegen."

„Hör' auf", lachte nun Hannes Mucker. „Ist ja schon gut, dass der Bund eine kleine Kapitalentschädigung zahlt."

Die Sülze kam, Bier dazu. Forschmann trank wieder eine Cola.

„Von wegen Auto", sagte er. „Eure Nulllösung zu DDR-Zeiten war nicht schlecht."

Mit vollem Mund fing Hannes an: „Du willst also meinen Elephanten abbaggern?" Forschmannn wandt sich hin und her: „Ganz so war das nicht gemeint. Ich habe nur gedacht, man könnte sich einen dauerhaften Elephanten an dieser Stelle vorstellen. Ich habe aber im Ohr, wie der Bamser nach meiner Bemerkung sagte, dass es dein Freiheitsdenkmal sei. Du musst mir das nur näher erklären."

„Gut", sagte Hannes. „Zuerst stelle ich fest, dass du offensichtlich viel Geld hast, wenn du auf solche Ideen kommst. Dem ist abzuhelfen. Davon reden wir später. Nun zum sogenannten Freiheitsdenkmal. Die

Geschichte mit den Nudeln im Gesicht hat dir der Bamser erzählt?!" Forschmann nickte. „Sie haben mich auf die alte Burg in der Stadt gebracht, in das kleine Gefängnis, das es damals noch gab, in die Zelle 4. Allein saß ich da drin. Da kommen einem schon so Gedanken. Ich habe gemerkt, was ich an der Heimat, am Dorf habe. Das wurde verstärkt, als ich später – auch beim Arbeitskommando in der Kohle – Besuch empfangen durfte, im Prozess sowieso, war ja öffentlich. Solidarität ist ein abgedroschenes Wort. Ich fühlte einfach und bekam es zu spüren, dass die Leute bis hin zu vielen Genossen auf meiner Seite waren. So habe ich mir vorgenommen, etwas fürs Dorf zu machen, wenn ich aus dem Knast wieder draußen wäre. Bald fiel mir auch ein, dass es ein Elephant sein müsste. Nun sagen die Leute, es sei mein Freiheitsdenkmal."

„Alles gut", sagte Froschmann, „und wegen meines Bronzeviehs: vergiss es!"

„Doch kommen wir zu deinem Geld, Bernhard." Hannes blinzelte dem Bamser listig zu. „Wir hätten da schon ein Projekt. Der Dorfteich soll geschlemmt werden. Heutzutage geht das nur, wenn du schweres Gerät hast. Es bleibt Handarbeit übrig. Genug sicher noch. Doch das Gerät muss sein, also muss Geld sein. Die Gemeinde zahlt etwas, vielleicht der Naturschutz. Es bleibt genug übrig, auch für dich."

„Unter einer Bedingung", sagte Bernhard Forschmann, „dass ihr die Insel mit wegbaggert! Eine Insel auf unserem Teich. Wo gibt es denn so 'was?!"

Hannes lachte: „Ich hatte mit anderem Widerspruch gerechnet. Aber der liegt auch schief. Deine Forderung stößt sicher auf taube Ohren. Die Leute im Dorf, besonders die jungen, mögen nämlich die Insel. Und du, Bernhard, lass dir das sagen, leidest an einem Heimkehrkomplex. Du bist kein Westler – du merkst, dass ich den blöden Ausdruck Wessi vermeide – du bist kein Westler, der mit seinem guten Geld hier aufkreuzt und lediglich Objekte sucht, die sich rechnen. Was ich übrigens bei den meisten Westlern gut verstehen kann. Du kommst schließlich aus unserer Welt. Und nun pass auf: du willst diese Welt in möglichst vielen Stücken wieder so haben, wie du sie verlassen hast. Ich kann mich da hineindenken; denn ich war auch drei Jahre fort. Nun meine ich, dass dieser Heimkehrkomplex in unserem zu Ende gehenden Jahrhundert weit verbreitet war und ist. Die Männer, die aus Krieg und Gefangenschaft kamen, haben das gekannt, die Vertriebenen und Flüchtlinge kennen es, wenn sie wieder nach dem Osten fahren. Ein besonderes Kapitel ist es für die Emigranten, war es für die, die nach 45 wiederkamen, ist es für euch. Das ist eine lange Rede, aufgemacht wegen einer kleinen Insel, aber vielleicht kannst du ihr etwas abgewinnen."

Forschmann sah ihn nachdenklich an: „Vielleicht hast du mit Nachdenken im Knast mehr gelernt als in der Schule."

„Da ist was dran, aber nichts gegen unseren alten Wetzel."

„Eure Schlammwühlerei ist schon nötig, wenn man an die grüne Brühe im Teich denkt."

„Also wie viel?"

„Dreitausend!"

„Oho", sagte der Bamser. „Hannes, zahl du Essen und Bier!"

„Und du", fragten lachend die anderen beiden.

„Ich werde freigehalten", sagte der Bamser in gekonnt vornehmem Ton. „Das ist so Sitte."

Die Milchhalle

Über dem Vogtland hing der Nebel, zog in Fetzen aus dem Wald über die Autobahn hin. Dr. Hase fuhr mit Licht. In dieser Milchsuppe gab ihm das gleichmäßige Motorengeräusch seines Audi Sicherheit. In der Mittagsstunde auf dem letzten Stück von Nossen her kam die Novembersonne hinter den grauen Wolken hervor. Von der Autobahn weg führte ihn der Weg mit Winkeln und Haken zwischen den Teichen hindurch, bis er die Hubertusburg sah.

„Auch ein Relikt königlicher Herrlichkeit in Sachsen", murmelte er vor sich hin. Schließlich lag die schnurgerade Straße vor ihm, die durch den Forst führte. Ein weißes Tier, das im Straßenrand hohes, noch grünes Gras abweidete, hielt er zuerst tatsächlich für eine Ziege, bis er vorbeifahrend erkannte, dass es eine nun vor dem Auto flüchtende Hirschkuh war. „Kein schlechtes Omen für einen Jagdausflug", dachte er. Als er endlich im Dorf hinter der ehemaligen Schmiede hielt, brauchte er nicht zu hupen. Sein Freund Roland Eckelt hatte ihn erwartet und kam mit Lisette heraus.

„Willkommen im Dorf", sagte sie. „Beeilt euch, die Quarkkeulchen werden kalt." „Sie stellt sich nicht dumm an mit der sächsischen Küche", sagte Roland Eckelt, als er den Gast in die Wohnstube führte und bat, am gedeckten Tisch Platz zu nehmen. Carl-Friedrich Hase lobte das Essen, das Lisette auftrug, besonders das Apfelmus. „Das ist eben keine Industrieware", sagte er. „Ich frage mich immer, ob in den

Konservenbetrieben dem Apfelmus Stärke zugesetzt wird. Mir wird mehlig im Mund, wenn ich das Zeug von der Catering-Firma, die das Institut versorgt, essen muss."

„Musst du das essen?", fragte Roland Eckelt. „Ich muss! Kann da nicht über meinen Schatten springen. Es ist uns fürs ganze Leben eingedrillt worden, dass aufgegessen wird, was man zugeteilt bekommt. Dazu kommt die Erinnerung an die Hungerzeit besonders nach dem Krieg."

„Damit hast du Recht. Nun etwas anderes: nach dem Essen zeige ich dir eine Rarität, dass dir die Augen übergehen."

Das war nicht zu viel versprochen. Im Obergeschoss des Hauses führte Roland Eckelt seinen Schulfreund einen verwinkelten Flur entlang in ein freundliches Gästezimmer. „Deine Bleibe bei uns!" „Hübsch. Gefällt mir", sagte Hase. „Und nun schau dich um!"

An der Wand, dem Bett gegenüber, hing ein altes Gewehr. Als Hases Blick auf dieses Monstrum fiel, nahm es Roland Eckelt herunter. „Die Elephantenflinte!" „Was? Das kann doch nicht wahr sein!" „Doch es ist wahr." „Und wie bist du zu dem Schießprügel gekommen?", fragte Hase und strich ehrfürchtig mit der Hand zwischen Kimme und Korn über den Lauf. „Nun sag endlich, wo die Knarre herkommt!"

„Sie war im Besitz des alten Ebert, der den entscheidenden Schuss auf den Elephanten abgab. Sein Sohn erbte das Gewehr nach dem Tod des Vaters, pflegte es aber nicht, weil er als passionierter Jäger natürlich modernere Gewehre besaß, die ihm zum Verhängnis wurden, als die Russen kamen. Kurz vor

127

Ausbruch des Krieges muss es gewesen sein, dass sich Ebert an das alte Stück erinnerte und es nicht ganz vergammeln lassen wollte. Er gab die Flinte meinem Vater, der sie wieder herrichten sollte. Dazu kam es nicht mehr, weil mein Vater selten Urlaub bekam und, wenn er zu Hause war, wahrlich anderes zu tun hatte, bis er in den letzten Kriegswochen vor Berlin gefallen ist. Ich habe die Knarre in dem vielen Gerümpel, das damals bei uns herumlag, vor den Russen versteckt. Angst habe ich schon gehabt, als Herr Ebert erschossen wurde, aber abgegeben habe ich das Ding nicht, obwohl mehr als einmal öffentlich zur Waffenabgabe aufgerufen wurde. Heinz Ebert habe ich späterhin das Gewehr auch nicht gegeben, obwohl er ein Anrecht darauf hat. Als man es in den sechziger Jahren endlich mit historischen Waffen hier nicht mehr so genau nahm, wollte ich nicht vernarbte Wunden aufreißen. Jetzt aber kriege ich manchmal ein schlechtes Gewissen, wenn ich das Schmuckstück in seinem renovierten Glanz, den es allerdings mir verdankt, an der Wand hängen sehe." Nachdenklich meinte Dr. Hase: „Wäre die Jagd morgen nicht eine Gelegenheit, dein Gewissen zu beruhigen?"

„Deine Idee ist nicht schlecht. Leicht wird es mir natürlich nicht die Knarre herzugeben. Eine andere Sache ist, dass Heinz Ebert nicht zur Jagd kommen kann. Er kriegt keine Luft mehr."

„Wenn ich ihn nun fahre, damit er wenigstens beim Essen dabei ist?!" „Frage ihn!"

Carl-Friedrich Hase ging zum Eberthof hinüber und kam mit positivem Bescheid zurück. Am Kaffeetisch blieben sie sitzen und Lisette wurde dabei lang und breit über die Elephantenjagd belehrt. Schließlich sagte sie ironisch lächelnd: „Jetzt ist es genug. Ihr habt mir die städtische Sicht der Dinge erfolgreich ausgetrieben."

Das kurze Abendessen beendete Roland Eckelt mit den Sätzen: „Heute wird nicht mehr viel. Morgen müssen wir zeitig aus den Federn. Wir wecken dich." So stieg Carl-Friedrich Hase hinauf in das Zimmer mit dem historischen Gewehr, das er sinnend betrachtete, bis ihm die Augen zufielen. Kurz nach fünf Uhr wurde an seine Tür geschlagen, dass er meinte, das Haus fiele ein. „Ja doch, es ist gut. Ich bin wach." „Das Bad ist frei", kam es von draußen her. „Beeil dich. Lisette macht schon das Frühstück zurecht."

Kurze Zeit später saß die Hausfrau im Morgenrock zwei mürrischen Männern gegenüber, die erst der heiße Kaffee auftaute.

„Wir nehmen mein Auto", sagte Hase. Da kannst du etwas trinken. Ich will zum Essen Heinz Ebert holen und ihn anschließend sofort heimfahren." Vor der Abfahrt verstauten die beiden Freunde die gut verpackte Elephantenflinte im Kofferraum des Audi. Noch vor Sonnenaufgang starteten sie und bogen nach kurzer Fahrt auf der Chaussee in den Parkplatz vor der Milchhalle ein.

Sie begrüßten die Jäger. Heinz Risse, den Viehdoktor, Roller, den Wirt, Bernhard Edelmann, der zur Jagd gern wieder ins Dorf gekommen war, Dr. Miersch, den Physiklehrer aus der Stadt und schließlich den jungen Arzt Dr. Schneeweiß, der die privatisierte Arztpraxis des Dorfes übernommen hatte, die vorher an einer Poliklinik in der Stadt hing.

Dr. Miersch sagte zu ihm: „Fuchteln Sie nicht so mit dem Ding herum", und zeigte auf das Gewehr des

Arztes. „Sie legen sonst noch einen um, ehe die Hatz begonnen hat."

Der Doktor wurde rot: „Ich gebe ja zu, dass es die erste Jagd in meinem Leben ist. Aber auf dem Schießplatz habe ich oft geübt." „Dort ist hinter der Scheibe ein Kugelfang", meinte Miersch trocken.

Auch die Treiber parkten ihre Autos. Forschmann, Hannes Mucker und Rolf Ritter standen zusammen. Roland Prischka redete mit Martin Przibilski, dessen Mutter im April 45 beim Tieffliegerangriff aufs Dorf umkam. Beide waren Flüchtlinge. So sprach man auch nach Jahrzehnten von denen, die ums Kriegende herum aus dem Osten ins Dorf gekommen waren. Heinz Herzog, dessen Frau früher Verkäuferin im Konsum war und jetzt im Geschäft der neumodischen Handelskette arbeitet, ließ den Bamser aussteigen, als er seinen alten Wartburg abstellte. In der Hand hielt der Bamser einen Flachmann und bot bei der Begrüßung Dr. Hase einen Schluck an. Der lehnte lachend ab. Hinter der vorgehaltenen Hand sagte zu ihm Roland Eckelt: „Der säuft nur einmal, nämlich immer. Aber anmerken kann man es ihm fast nie."

Hase nickte zustimmend: „Wie der alte Baumeister. Was der in sich hineinschüttete, ohne die Orientierung zu verlieren!"

Risse teilte schon das Treiben ein, als mit quietschenden Reifen ein Auto vor den Männern hielt und der Pfarrer ausstieg.

„Friede den Tieren des Waldes", sagte der Bamser und alle lachten, auch der Pfarrer. Der Viehdoktor sagte: „Los geht's."

Hoh-hoh rufend, klopfend an die Baumstämme und um sich schlagend im Gebüsch, so zogen die Treiber an der

Grenze zum Staatsforst entlang ins Bauernholz hinein. Das erste Treiben brachte außer drei Fehlschüssen auf Füchse und einen auf einen Hasen nichts. Beim zweiten Treiben, das weiter zum Waldrand hinführte, scheuchte man zwar ein kleines Rudel Wildschweine auf, aber ehe einer der Jäger das Gewehr in Anschlag bringen konnte, waren die Tiere in einen schmalen Streifen Mais gewechselt, der seine vertrockneten Fahnen im Herbstwind flattern ließ.

Heinz Risse ließ umkehren und nochmals einen Streifen mit viel Unterholz durchkämmen. Es ging schon stark auf Mittag zu, als eine Hirschkuh vor Dr. Schneeweiß aus einer dichten Insel junger Fichten mitten im Laubwald heraussprang. Der junge Arzt riss die Flinte hoch und schoss aus kurzer Entfernung auf das fliehende Tier, das nicht mehr weit kam, sondern vor Bernhard Edelmann zusammenbrach. Schreiend gab er den Gnadenschuss ab, wie er es nannte, als nun alle Treiber zusammenliefen. Kopfschüttelnd sagte Edelmann leise zu Risse: „Ausgerechnet dieser Anfänger landet den einzigen Blattschuss." Der Viehdoktor breitete die Arme aus: „Ja, so kommt das manchmal", und verkündete laut: „Es ist Zeit. Wir müssen zurück in die Raststätte zum Schüsseltreiben." Dr. Hase lief schnell vor den anderen her, nahm sein Auto und fuhr ins Dorf.

Auf seinem Hof wartete Heinz Ebert schon. Maria Ebert hatte einen Stuhl vor die Haustür gestellt, auf dem der Bauer schwer atmend, aber gut gelaunt saß. Hase begrüßte Maria und beide halfen dem kranken Mann ins Auto hinein. Winkend fuhren sie auf die Dorfstraße hinaus und auf der Staatsstraße nach Osten, dem Wald zu. „Ich freue mich", sagte Heinz Ebert,

„war lange nicht in der Milchhalle. So sage ich immer noch und nicht Raststätte."

„War das eigentlich der einzige Grund für Blech, der das Blockhaus gebaut hat, es Milchhalle zu nennen, weil er keine Schankgenehmigung hatte?"

„Na ja, zuerst war es ja kein Blockhaus, sondern ein Freiluftschuppen, wirklich nur eine Halle. Vielleicht erinnerst du dich, obwohl du jünger bist als ich. Außerdem ritt Blech auf der seinerzeitigen Gesundheitswelle: Trink Milch statt Bier! Wandervogelideale. Aus der Stadt kamen sonderbare Gestalten, die sich auf der Wiese tummelten und Limo oder Milch tranken." Wie die beiden dann die Gaststube betraten, wurden sie von allen Jägern und Treibern lärmend begrüßt.

„Die Milchtrinkerzeiten sind eben vorbei!", sagte Dr. Hase und Heinz Ebert lachte. Er fragte: „Wo ist denn die Strecke?" Plötzlich herrschte betretenes Schweigen. Risse, der Viehdoktor, wies in die Ecke, in der sie die magere Hirschkuh abgelegt hatten: „Dort!" Nun kam Heinz Ebert aus dem Lachen nicht mehr heraus. Sein großer Körper schütterte und bebte.

„Das tut gut", sagte er prustend, „Wenn man wieder einmal richtig lachen kann." „Wir finden das nicht so lustig", sagte Edelmann und rückte beiseite, damit sich Dr. Hase und Heinz Ebert setzen konnten. Risse und der Pfarrer saßen noch mit am Tisch. Bei dem Gulasch mit Sauerkraut und Klößen wurde die Stimmung sofort wieder besser. „Eine gute Unterlage für Bier und Weißen", sagte der Bamser. Ohne dass es die anderen bemerkten, war Roland Eckelt hinausgegangen. Nun stand er mit einem verschnürten Paket in der Tür der Gaststube. In das laute Gerede hinein rief er: „Was habe ich hier? Ratet einmal?" Alle sahen zu ihm hin. Mit sichtlichem Genuss entfernte er die oberen Schichten Packpapier, bis sie heraus kam, die Elephantenflinte. „Und was soll das alte Ding?", fragte Martin Przibilski. „Das kannst du nicht wissen", antwortete Roland Eckelt. „Das ist die Elephantenflinte!" Triumph war in seiner Stimme.

Ehe Roland Eckelt seinen Triumph so genießen konnte, wie er sich das vorgestellt hatte, stand der Pfarrer auf und nahm ihm das Gewehr aus der Hand. Wie er so dastand mit der Knarre in der Hand, sagte Dr. Risse: „Unser politischer Heckenschütze!" Alles lachte und der Pfarrer sagte: „Das ist schief. Aber ich gebe zu, dass mir kein Widerwort einfällt." „Gott erhalte Sie in diesem Zustand", sagte Dr. Risse: „Mein Vorschlag: Friedensengel mit Verirrung." Roller, der Wirt, protestierte: „Ein Engel ist er bestimmt nicht!" Der Pfarrer lachte: „Das ist richtig. Aber nun will ich es endlich wissen, wenn ich diesen historischen Schießprügel in der Hand halte. Ein Dutzend Jahre bin ich im Dorf, aber noch keiner hat mir erzählt, wie es bei der Elephantenjagd wirklich zuging."

Eilfertig meldete sich Dr. Miersch zu Wort: „Kann ich Ihnen genauestens berichten. Mein Großvater, seines Zeichens Gewerbeoberlehrer in der Stadt, war im Dorf auf einer Landpartie im „Panther" eingekehrt und hat alles miterlebt. Im „Tageblatt" hat er eine schöne Schilderung der Ereignisse gegeben."

Dr. Risse fuhr ihm dazwischen: „Hör mir auf mit dieser Presseente!" Aber Bernhard Edelmann sagte: „Lass den Städter doch erst einmal reden. Wir stellen dann richtig."

Mit rotem Kopf, nicht nur vom Alkohol, erzählte Dr.

Miersch: „Ein herrlicher Tag, dieser 12. Juli 1888, ein Sonntag, kein Wölkchen am Himmel, aber eine gute Brise Westwind, die Hitze erträglich machen kann. Mein Großvater mit der Butterblume, dem Strohhut, auf dem Kopf, meine Großmutter mit einer Kreation aus dem Hutladen Handschuh auf dem Baderplan. Ein offenes Wägelchen mit einem vergnügten Kutscher auf der Staatsstraße, die zwar noch nicht gepflastert war wie später beim Kaisermanöver, aber doch in leidlich gutem Zustand. Kurz nach 11 Uhr dann – die Bauern aßen am Sonntag um die elfte Stunde – gab es einen vorzüglichen Kalbsrollbraten mit gut gekühltem Radeberger. Der „Panther" führte keine örtlichen Biere. Die Dame trank ein kleines Helles. Eine gute Zigarre zum Kaffee, alles unter dem Sonnenschirm vorm Haus. Dort, wo andere Gehöfte einen Vorgarten hatten, standen Gartenmöbel mit bunt bezogenen Kissen. Beschauliche Stille, wie man so sagt. Plötzlich ein Gebrüll! Es ging von deinem Großvater aus, Risse. Da lässt sich nicht daran deuteln und drehen, wenn du auch den Kopf schüttelst. Die Leute kamen aus den Häusern gestürzt. Die Kinder drängten sich nach vorn, als alle um Gottlob Risse und seine Frau herumstanden. Außer Atem keuchte Gottlob heraus: „Das Vieh! Meinen Weizen macht es nieder!" „Was für ein Vieh?" fragten die Leute gleichzeitig. „Ein Wildschwein? Ein ausgebrochener Bulle?" Er fasste sich: „Ein Elephant!" „Der kann nur aus einem Zirkus entlaufen sein", sagte Mantus Ebert. „Ich hole meine Flinte!" Er kam mit dem Gewehr daher, andere mit Mistgabeln und mit Dreschflegeln, die sie verstaubt, wie sie waren, aus den Ecken der Geräteschuppen herausgezerrt hatten. Einer hatte einen Franzosensäbel dabei, den er als junger

Mann aus dem Siebziger Krieg mitgebracht hatte. So zogen sie aus dem Dorf nach den Papstwiesen hin. Die Dorfjugend lief mit und schrie: „Da, da, das isser!", als der Koloss mitten im Getreidefeld langsam vorwärtswalzend sichtbar wurde. Fester fasste Gottlob Risse seine Mistgabel, fester Max Edelmann seinen Dreschflegel. Ritter Otto hob die Sense stichbereit hoch über den Kopf. Aber Mantus Ebert sagte: „Lasst mich nur machen!" Er legte an und donnernd verließ der Schuss die Flinte. Es gab ein lautes Zischen, das sofort von einem Triumphgeschrei übertönt wurde, als das Untier in die Knie ging und langsam zusammensackend im Weizen verschwand. Sie holten die entseelte – man könnte auch sagen: entlüftete – Hülle aus dem Feld und schleppten sie im Siegeszug ins Dorf, wo anschließend im „Panther" gefeiert wurde. Mein Großvater blieb nicht lange bei diesem Dorfbesäufnis, denn er musste für das „Blatt" in der Stadt literarisch tätig werden."

„Du bist ein würdiger Enkel, wenn man dir so zuhört", sagte Risse, der Viehdoktor. „Ein übles Machwerk, das dein Ahnherr zustande gebracht hat."

„Machen wir nichts draus", meinte Bernhard Edelmann. „Wie heißt der schöne Bauernspruch aus uralten Zeiten: Die Enkel fechten's besser aus." Heinz Ebert schnaufte kurzatmig: „Wenn ich eure Jagdstrecke betrachte, bin ich mir nicht sicher, ob der Spruch auf euch zutrifft. Der einzige Schuss, der traf, kam von einem Anfänger, gerade erst aus der Stadt importiert." Der letzte Satz ging im Gelächter unter. „Aber eins ist noch zu sagen. – Hört endlich drauf!! Ich kann nicht so brüllen wie ihr! Es ist festzustellen: blöd waren unsere Großväter nicht. Sie wussten genau, was ein Heißluftballon ist. Nach einem ersten Schreck von wegen des Flurschadens hatten sie an diesem denkwürdigen Tag durchaus ihren Spaß. Am nächsten Tag allerdings - nach dem dummen Gedicht im „Tageblatt" - sah das anders aus. Nicht gut, wenn die ganze Pflege über das eigene Dorf lacht!"

„Das kann ich gut verstehen", sagte der Pfarrer.

„Für einen Städter schon allerhand, wenn er so etwas versteht", meinte trocken Dr. Risse. „So etwas zu verstehen, lernt man in unserer Fakultät auf der Uni", konterte lächelnd der Pfarrer. "Ein Professor fragte uns im homiletischen Seminar, wo es ums Predigen ging, worüber die Bauern reden, wenn sie sonntags in Thüringen, woher er kam, ihre Klöße essen. Keiner, eben auch die Thüringer nicht, wusste eine Antwort. Schließlich sagte er selbst: „Sie unterhalten sich darüber, was die Leute reden. Seitdem weiß ich, wie wichtig das Gerede in der Pflege ist."

„Eins zu Null für den Theologen", sagte Roland Eckelt.

„Nun zu einer anderen Sache." Er stand feierlich auf. „Ich bin der Meinung, dass der eigentliche Besitzer das Gewehr zurückbekommen soll." Er wandte sich an Heinz Ebert: „Dein Vater hatte das Gewehr meinem Vater gegeben, damit er es herrichten sollte. Es war total vergammelt. Er konnte es aber nicht mehr zurückgeben. Wir wissen alle, warum das so war. Unsere Väter wurden erschossen. Wie damals die Zeiten waren, wissen wir hier auch noch alle. Ich habe die Flinte die Jahre hindurch versteckt. Das hielt ich für das Beste. Nun aber nach langen Jahrzehnten können wir tun, was wir wollen. Hier hast du das Gewehr zurück, Heinz, dir gehört es!"

Viele tranken schnell einen Schnaps oder einen Zug Bier; denn Männer werden so am besten mit ihrer Rührung fertig.

Heinz Ebert schnaufte: „Es sieht wundervoll aus. Du hast es gepflegt. Du sollst es behalten!"

Roland Eckelt schüttelte den Kopf: „Ich habe keine Kinder. Wie soll es mit der Flinte weitergehen, wenn ich einmal nicht mehr bin. In irgendein Museum soll sie nicht kommen!" „Nein", sagte Heinz Ebert, „ das nicht, auf keinen Fall!" Und alle in der Gaststube nickten zustimmend.

Nachdenklich meinte Risse, der Viehdoktor: „Es müsste einer das Gewehr bekommen, der etwas für unseren Elephanten getan hat und jetzt schon den Kindern und Enkeln davon erzählen kann. Gebt das Gewehr Hannes Mucker. Das ist mein Vorschlag."

Beifallsgemurmel, in das hinein Heinz Ebert sich wieder meldete: „Das ist gut! Hannes nimm du die Knarre!"

Mit rotem Kopf stand Hannes auf, nahm das Gewehr wie etwas, was man kaum anzufassen wagt, in beide Hände und trug es zu seinem Auto, um es zu verstauen. Während nun Dr. Hase Heinz Ebert ins Dorf zurückbrachte, bemühte sich Risse, der Viehdoktor, die ermatteten Mannen vom Bier weg zu einem nochmaligen Treiben in den Wald zu bringen. Beim Bamser war sein Zureden von vorn herein ohne Erfolg. Andere, wie Ritter, wiesen mit Recht auf ihr Alter hin. Es war ein kleines Häuflein Treiber, das lärmend in den Wald zog. Nur die Jäger waren alle dabei.

Nach einer guten Stunde drängten sie sich wieder in die Gaststube. Risse, Edelmann und Dr. Miersch trugen einen Hasen an den Läufen vor sich her.

„Bei den Sauen war wieder Fehlanzeige", sagte Edelmann. Das hätte ich euch vorher sagen können", meinte der Bamser. „Die paar Schweine, die wir gesehen haben, haben den anderen längst Bescheid gesagt. Die haben sich alle in den Staatsforst verkrümelt. So ein Schwein ist nicht dumm."

„Deine klugen Sprüche haben uns gerade noch gefehlt", schnaufte Dr. Risse. Die Autofahrer bestellten sich einen Kaffee. Stimmung kam nicht mehr auf. Dr. Hase hatte sich , als er aus dem Dorf zurückkam, neben den Bamser gesetzt. Roland Eckelt, der nochmals mitgetrieben hatte, sagte: „Ich trinke noch schnell ein Bier, dann fahren wir, damit wir vor Einbruch der Dunkelheit heimkommen." „Mach keinen Sturztrunk", ermahnte ihn lächelnd Hase. Dennoch war das Bier bald ausgetrunken und sie brachen vor den anderen auf. Der Bamser wollte noch zu Hanna Raschke in die Kneipe: „Weil ich es ihr versprochen habe. Sie ist doch neugierig." Zu ihm und zu Roland Eckelt sagte Dr. Hase, als er sie in den Audi lud: „Tretet euch die Latschen ab, ehe ihr einsteigt."

Nur eine kurze Strecke fuhren sie der schnell sinkenden Sonne entgegen, als Carl-Friedrich Hase scharf rechts abbog und schließlich das Auto linkerhand in einen Feldweg hinein manövrierte.

„Kommt ihr mit? Ich will noch einmal auf den Achtrutenberg hinauf." Roland Eckelt stieg aus, der Bamser blieb sitzen: „Das ist mir jetzt zu beschwerlich." Die beiden liefen einen Feldrain entlang schnell auf den Hügel bis zu einer Stelle, die den Blick auf das Dorf freigab. Blutrot zeichnete die Sonne die Konturen der Kirche und dieses und jenes Hofes in den Horizont. „Unser Dorf", sagte Hase. „Und keine gute Zeit mehr für Dörfer?!", meinte mit zweifelndem Blick Roland Eckelt. Als sie wieder zum Auto zurückkamen, hatte der Bamser ungeduldig die Fensterscheibe herabgelassen: „Es wird Zeit!" „Wozu?", fragte Hase. „Nun, dass wir heimkommen, heim ins Dorf." Am Elephanten, der gerade Wasser spie, stellten sie das Auto ab.